トンでるカラス

梅田俊作
梅田佳子　作・絵

金髪《きんぱつ》のカツラに　ピンクの口紅《くちべに》。ラメ入《い》りのコート、エナメルのブーツ。首《くび》に
光《ひか》るアクセサリーは　カンキリ、センヌキ、カギ、クリップ。
全身《ぜんしん》を　キンキラにきめて　ごきげんなのは、カラスのアア。
これが　カラス？
とんでもないって？
そうなんだ。トンでもないけど、これは　トンだ　カラスの物語《ものがたり》……。

ゴミの島《しま》に住《す》む　カラスのアアは　ごきげんだ。

ほしいものはなんでも　手《て》に入《はい》ったし、そのうえ　お腹《なか》は　いつだって　ごちそうで　パンパンに　ふくれていたからね。

燃《も》えないゴミ区《く》にある　電話谷《でんわだに》。

そこの古《ふる》い電話《でんわ》ボックスが　アアのねぐら。

四方《しほう》がすどおしの総《そう》カラス、じゃない　ガラス張《ば》り、というのが　お気《き》に入《い》りだ。なんたって　窓辺《まどべ》にかざった　自慢《じまん》のコレクションが　ぐんと　ひきたつもの。

ハンガー、フォーク、くぎ、金《きん》ボタン、シャーペン、使《つか》い捨《す》てのライター、やかんのふた、アルミのコップ、ドアノブ、ゴルフのトロフィー、ピンポンの優勝《ゆうしょう》カップ……。

キンキラピカピカの光《ひか》り物《もの》を　ジャカスカ　ジャカスカ　増《ふ》やすこと。これがアアのよろこび、努力目標《どりょくもくひょう》、そして生《い》き甲斐《がい》。

だけど、なぜなんだろう、増《ふ》やしても増《ふ》やしても、なにか足《た》らないものがあるような、いつもなにか忘《わす》れているような……。

「だから、もっともっと、もっともっと、かき集《あつ》めなくっちゃ！」

TELPHONE

カアー　カアー。
東《ひがし》の空《そら》が　明《あか》るくなる　朝一番《あさいちばん》、カラスのアアの　お出《で》かけだ。
もちろん、光《ひか》り物《もの》の　お宝《たから》さがしさ。
電話《でんわ》ボックスを　出《で》たとたん、
カラコロ　カラカラカラ……、ケイタイ電話《でんわ》がふってきた。
アアは　空《そら》を見《み》あげて　傘《かさ》をひらく。
「うっとうしいなあ、きょうも　ケイタイ警報《けいほう》か……」
裏《うら》のゴミ山《やま》が　高《たか》くなりすぎたせいなんだ。ひっきりなしの崖崩《がけくず》れ。きったないケイタイ電話《でんわ》が　ころがってくる。
風《かぜ》がふけば　カラカラ。
雨《あめ》がふれば　コロコロ。
このごろじゃ、アアが　電話《でんわ》ボックスに　出入《ではい》りするたび、コロコロ　カラカラと　ふりそそぐ。
ここ燃《も》えないゴミ区《く》は　どこも　こんなありさまでね。ついこのまえも、隣《となり》のセトモノが丘《おか》で、アアの仲間《なかま》が　大《おお》けがをしたばっかりだ。ころんだひょうしに運悪《うんわる》く　便器《べんき》の地滑《じすべ》りに　まきこまれてね。ところが　ナント、彼《かれ》ったら　そのまま　便器《べんき》をねぐらにしてるんだ。ゆったりしてて　バスタブのなかにいるみたい、けがした体《からだ》に最適《さいてき》だって。
うん、ホント、ウン不《ふ》ウンは　いつ　どこに　ころがってるか　わからないってこと……。

だから、アアは　用心《ようじん》だけは　おこたらない。
ところが、アアが　そっと　静《しず》かに三《みっ》つ　歩《ある》いて、四歩目《よんほめ》に……、
ケイタイ電話《でんわ》のストラップに　足《あし》をひっかけた。
バタッと倒《たお》れた　そのとたん、
ドドドー。
地響《じひび》きがして　ゴミ山《やま》が　なだれうって　襲《おそ》ってきた。

「わ、わ、わ。かんべんしてよ。話《はなし》になんないって、ケイタイ電話《でんわ》の　生《い》き埋《う》め
なんて！」

気《き》がつくと、アアは首《くび》まで　スッポリと埋《う》まっていた。あたりは一面《いちめん》　ケイタイ電話《でんわ》のゴミの原《はら》。ねぐらの電話《でんわ》ボックスも、大切《たいせつ》な光《ひか》り物《もの》のコレクションも、ぜーんぶ　すっかり　消《き》えていた。

それにしても、いまさっき目《め》の前《まえ》にあった　ダイヤルホンやプッシュホンのゴミの山《やま》、それが　一瞬《いっしゅん》にして　なくなってしまうなんて……。

アアは　プルプルッと首《くび》をふり、頭《あたま》のうえのケイタイ電話《でんわ》を　ふり落《お》とした。

「ドンマイ、ドンマイ。ゴミの島《しま》では　珍《めずら》しくもないこと。めげてらんないって、これしきのことで」

そうなんだ。アアは　じっさい　これまでだって　数《かず》あるカンナンシンクを

くぐりぬけてきたんだから。生《なま》ゴミ袋《ぶくろ》の下敷《したじ》きになって五昼夜《ごちゅうや》、体重《たいじゅう》は二倍《にばい》になったけど　けなげに生《い》きぬいてきた。釣《つ》り糸《いと》を体《からだ》にからめて三昼夜《さんちゅうや》、尾羽《おばね》を七本《ななほん》とお気《き》に入《い》りの子《こ》ブタのヌイグルミスーツを　犠牲《ぎせい》にしたけど、たくましく生《い》きぬいてきた。家電《かでん》ゴミ地区《ちく》の電子《でんし》レンジに　閉《と》じこめられて一昼夜《いっちゅうや》、黒焦《くろこ》げにもならずに　堂々《どうどう》と生《い》きぬいてきた。

「ほら、こんどだって　このとおり、命《いのち》びろいをしたんだし」

　さすがに　なんだってあるゴミの島《しま》、命《いのち》だって落《お》ちている……なわけないか。

とにかく、けがひとつなくて　よかった　よかった。

「さあてと。こんどは　どこへ　引《ひ》っ越《こ》すカア……」

〝食近《しょくきん》・悪臭抜群《あくしゅうばつぐん》・人気物件《にんきぶっけん》〟の生《なま》ゴミ地区《ちく》は　べんりで　食《く》いっぱぐれはないけれど、金《きん》バエ、ゴキブリ、野《の》ネズミ、野良猫《のらねこ》、野良犬《のらいぬ》たちが　ぞろぞろ集《あつ》まる繁華街《はんかがい》。ブンブン　ゴソゴソ　チュウ　ニャゴ　ワンワン、それはまるで　ゴミ雑誌《ざっし》の写真《しゃしん》にあった　トウキョウとかオオサカだとかの街《まち》みたい。なにかとさわがしくて　おちつかない。

〝日《ひ》あたり良好《りょうこう》・ただし悪臭《あくしゅう》なし〟の割《わ》れ物地区《ものちく》は、切《き》り傷《きず》、すり傷《きず》、ひっかき傷《きず》と　けがの多発地帯《たはつちたい》で、ここもパス。

〝チョウ特選物件《とくせんぶっけん》・別荘地《べっそうち》〟の産業廃棄液不法投棄《さんぎょうはいきえきふほうとうき》のドラム缶《かん》が池《いけ》は……、冗談《じょうだん》にしてもきつすぎるし……。

　そのとき　ふいに、アアの頭《あたま》に、いつか見《み》た　あの光景《こうけい》がよぎったのだった……。

「その日《ひ》、ぼくは　つきまくってたんだ……」

キラキラ！光《ひか》る　銀《ぎん》メタリックのめがね。ボールペンのキャップ。もちろんピッカピカ！のやつ。それに　アルミの洗濯《せんたく》バサミが　なんと　ケース入《い》りでまとめて　一〇個《こ》。さらにそのうえ　なんとなんと　キンピカ！の石《いし》をちりばめた　腕時計《うでどけい》。それが　新品同様《しんぴんどうよう》　ギンギン！の金張《きんば》り！ときた。

アアは　すっかり興奮状態《こうふんじょうたい》、天《てん》にも昇《のぼ》る心持《こころも》ち。ホップ、ステップ、スキップ、地上《ちじょう》ほぼ一〇センチは舞《ま》いあがっていた。

ところが、アッというまのドンデン返《がえ》し。天国《てんごく》から地獄《じごく》へ　まっさかさま。我《われ》に返《かえ》ると、アアは　家電《かでん》ゴミ区《く》の　ガラクタテレビの谷底《たにぞこ》へ　ころがり落《お》ちていたってわけ。

さっき　手《て》にしたばかりの　コレクションは、さがしてもさがしても　見《み》あたらない。体中《からだじゅう》の力《ちから》がぬけた。テレビの箱《はこ》のなかで　ぼんやりしたまま　半日近《はんにちちか》く、ようやくのこと　アアは　ヨロヨロと　はい出《だ》した。

見《み》あげると、空《そら》は一面《いちめん》　燃《も》えたつような　夕焼《ゆうや》けだった。

「そんときだった、一本《いっぽん》の木《き》が　見《み》えたのは……。夕陽《ゆうひ》のような実《み》をいっぱいつけた　キラキラ輝《かがや》く宝石《ほうせき》の木《き》。これまでに見《み》た　どんな光《ひか》り物《もの》よりも　ステキでさ……」

アアは　そこで　ハッとした。

「そっカァ。もしかして、あれが　いつか　母《かあ》ちゃんの言《い》ってた　〝フルサトノアカイミノ木《き》〟ってカァ……」

アアは　つぶやきながら　立《た》ちあがった。
「そんなの　頭《あたま》を打《う》って見《み》た幻《まぼろし》だって、カラス仲間《なかま》が言《い》うままに、もうすっかり
忘《わす》れちゃってたんだけど……。
うん、引《ひ》っ越《こ》すなら、あそこカァ！　あの宝石《ほうせき》の木《き》のした！」

「目標《もくひょう》！　夕日《ゆうひ》のしずむ　あっちのほうっ、てカァ？」
アアは　足《あし》もとにころがっている　鍋《なべ》ぶたをくわえると、ヒュッと　空《そら》へ放《ほう》り投《な》げた。
「……だけど、なんでなんだ？　母《かあ》ちゃんは　夕焼《ゆうや》けの空《そら》を見《み》るたびにって　言《い》ってたけど、ぼくのあの木《き》は　お宝《たから》をなくすたびに　現《あらわ》れる……」
鍋《なべ》ぶたは　フリスビーみたいに　風《かぜ》にのり、峠《とうげ》の向《む》こうへ飛《と》んでいった。
峠《とうげ》の向《む》こうは　雨《あめ》で流《なが》された　小物《こもの》ゴミが作《つく》りだす　ガラ場《ば》の三角地《さんかくち》。ハリガネ、クギ、画鋲《がびょう》、おろしがね、針金《はりがね》ハンガー、などなど、カラス好《ごの》みの素材《そざい》がふんだんにあって、アアの仲間《なかま》たちが　腹《はら》ごなしをしている。食《く》いほうだいのこ

の島《しま》で、それでも　まだまだ　ごちそうを腹《はら》につめこむ方法《ほうほう》と対策《たいさく》に、みんなは
いつも　頭《あたま》を悩《なや》ましているってわけ。
アアは　そこにあったフライパンに　ヒョイと　とびのった。
「やっぱ、あいさつぐらいは　していこカァ」
ドンガラ　チャガチャガ　ドンガラ　チャガチャガ……。
黒《くろ》いススを　まきあげて、燃《も》えないゴミの雑《ざっ》貨《か》峠《とうげ》を　フライパンが　にぎやか
に　滑《すべ》りおりていった。

「でしょう?　だから
言《い》ったじゃない、急造成《きゅうぞうせい》の
電話谷《でんわだに》は　危《あぶ》なかないカァって」
と　なぐさめてくれたのは、
〝ガラスのガラス工房《こうぼう》〟のガール
フレンド。
いまはガラスのかけらで作《つく》る
ステンドガラスに熱中《ねっちゅう》している。

「赤《あか》い宝石《ほうせき》の木《き》？　マジなのカァ？　悪《わる》い夢《ゆめ》だって　言《い》っただろ」
「ここを　ねぐらにしてくれたって　いいんだぜ」
と　ひきとめてくれたのは、〝ハンガーカラス会館《かいかん》〟建設《けんせつ》グループの仲間《なかま》たち。

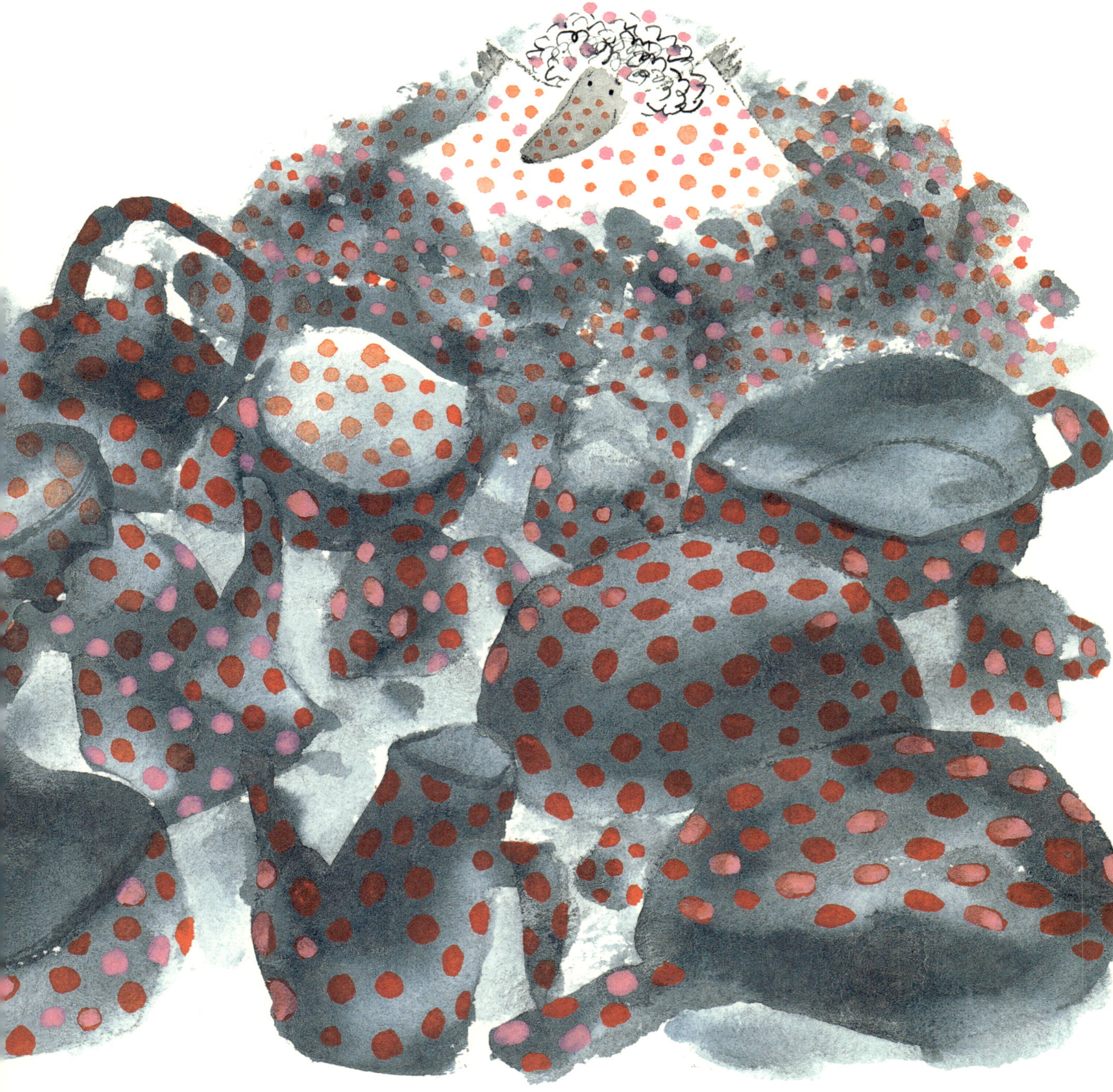

「きみらしくもない。オシャレの
手《て》ぬきは　いけないよ」
と、口紅《くちべに》を貸《か》してくれたのは
らくがきカラス。
　鍋《なべ》、お盆《ぼん》、鍋《なべ》つかみ、弁当箱《べんとうばこ》、……。
手《て》あたりしだい、そこいらのゴミに
落書《らくが》きをしてまわる。
「それにしても、どうして
赤《あか》いグルグルばっカァ？」
「ぼくにだって　わカァんない。
心《こころ》のなかにある　色《いろ》と形《かたち》なんだから」

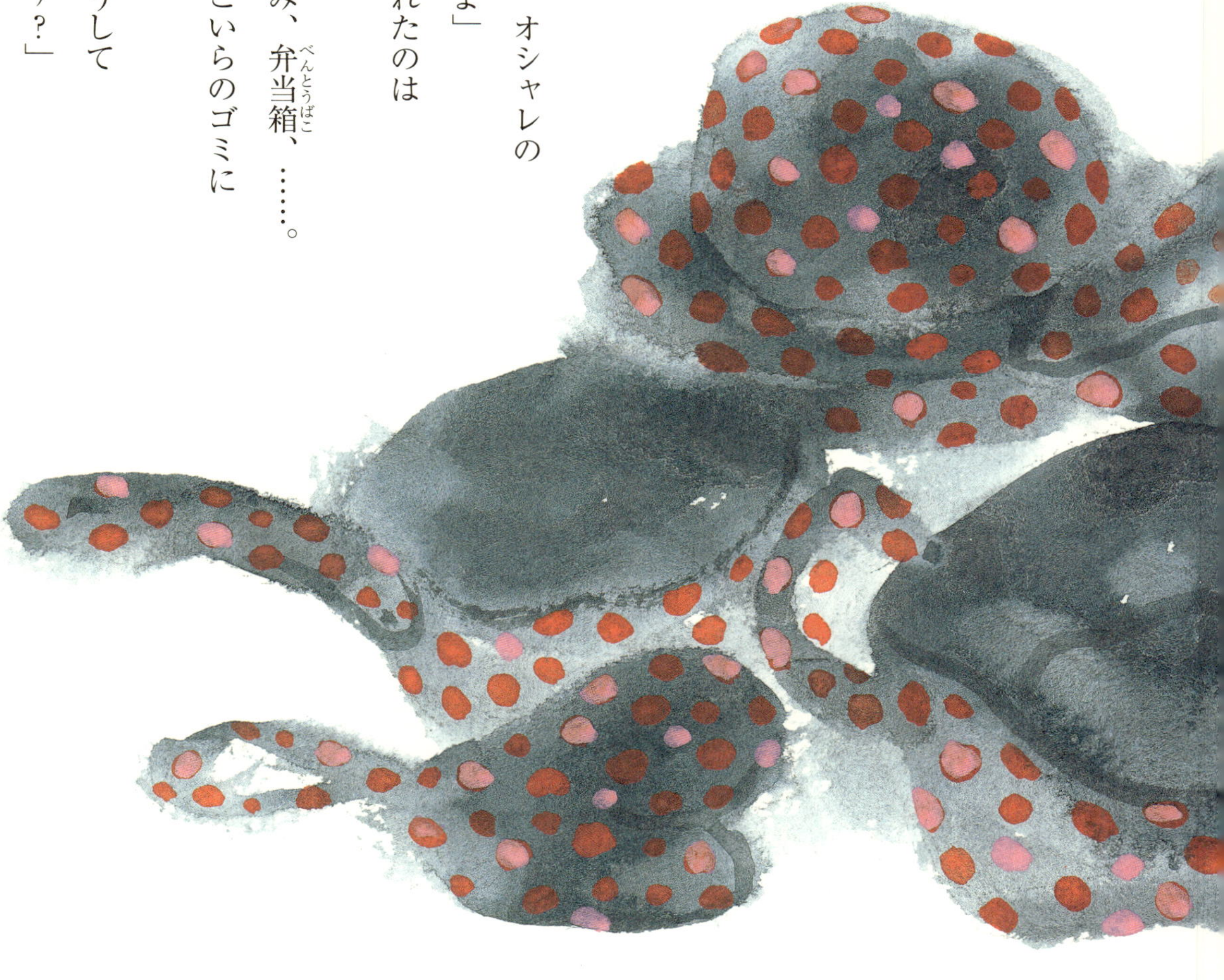

「宝石《ほうせき》の木《き》だって？　空《そら》のうえから　さがそうカァ」
と　しつこく誘《さそ》うのは　〝カモメ同好会《どうこうかい》〟のカラスたち。
白《しろ》ずくめで　洗濯《せんたく》バサミの翼《つばさ》をひろげ、日《ひ》がな一日《いちにち》　こうやって　空《そら》を飛《と》ぶ夢《ゆめ》に　ひたっている。
（はいはい、そうやって　いつまでも　夢《ゆめ》のなかにトンでなさい。ぼくらはカラス。飛《と》べるわけ、ないだろうって）

ほら、あそこ。誰《だれ》が名《な》づけたのか〝ゴミの富士《ふじ》〟。いつもは　金《きん》バエの群《む》れでモヤってるんだけど、きょうは風《かぜ》のせいかな、すっきり見《み》える。赤富士《あかふじ》みたいに頂上近《ちょうじょうちか》くをあざやかに彩《いろど》るのは、あれはたぶん　茶羽《ちゃばね》ゴキブリの群《む》れ。

　ゴミの富士《ふじ》の五合目《ごごうめ》あたり、どっしりと腰《こし》をすえて　黙々《もくもく》と食《た》べているカラスがいるだろう？〝ふうせんカズラ〟と　呼《よ》ばれる　ここらのボス。

　その　おせっかいと　口《くち》の、うるさいこと、うるさいこと。なんせ　ここには　一流《いちりゅう》レストランの生《なま》ゴミから　おふくろさんの家庭料理《かていりょうり》の生《なま》ゴミまで、世界《せかい》の味《あじ》がせいぞろいだろう？　生《なま》ゴミの袋《ふくろ》を　次《つぎ》から次《つぎ》と食《く》いやぶっては、近《ちか》くにいる誰《だれ》かれなし、押《お》さえつけてでも　口《くち》に押《お》しこむんだ。

「ここのレストラン、このごろ　味《あじ》をおとしてるぜ。ほら食《く》ってみろ、な、わかるだろ。きっと　シェフが変《か》わったんだ。食《く》えったら！」

「おかみさんと
うまくいって
ないんじゃないの、
松梅竹寿司《しょうばいちくずし》。シャリの
ネバリなってないよ、ほら、
食《く》ってみろ、もっと食《く》え!」

かれに捕《つか》まったら、
足腰立《あしこした》たないくらいに
腹《はら》が張《は》る。

アアは　〝ふうせんカズラ〟に
気《き》づかれないよう、
ゴミの富士《ふじ》を　迂回《うかい》した。

曲《ま》がりくねったゴミの細道《ほそみち》。のぼってくだって、やがて　道《みち》はおもちゃ山《やま》へとさしかかる。アアはあたりのゴミ山《やま》を　ぐるりと見渡《みわた》して、ため息《いき》をついた。

「やっぱ、ここも　高《たか》くなりすぎて、いまにも崩《くず》れそうな山《やま》ばっかァ……」

山道《やまみち》は　おもちゃがゴッタがえって　足場《あしば》が悪《わる》い。ヨーヨー、東京《とうきょう》タワー、ドールハウス、自由《じゆう》の女神《めがみ》、スーパーベーゴマ、プラスチックの大根《だいこん》、ゲーム機《き》、サッカーボール、ローラースケート、遊園地《ゆうえんち》セット、フラフープ、レインボーブリッジ、奈良《なら》の大仏《だいぶつ》、エッフェル塔《とう》、ぬいぐるみ人形《にんぎょう》、風車《ふうしゃ》、ピラミッド、汽車《きしゃ》、電車《でんしゃ》、ヒコーキ、ジェット機《き》、ロケット、ヘリコプター……。アアが燃《も》えるゴミ区《く》の雑誌《ざっし》や新聞《しんぶん》やらで見《み》た　ありとあらゆる物《もの》が、いまアアの足《あし》もとにころがっている。

「うっふっふ。ぼくって　すべてを手《て》にした王様《おうさま》って感《かん》じ」

これもたしかゴミの絵本《えほん》で見《み》た　主人公気《しゅじんこうき》どり、つま先《さき》で　地球儀《ちきゅうぎ》をころがした。ホント、ここには　ないものはない、なんだって揃《そろ》う　ゴミの島《しま》。

「うほっ、いいもの　めっけ！」

アアは　ゴミのなかから　ごそごそと　なにやらひっぱり出《だ》した。プラスチック製《せい》の箱車《はこぐるま》。ロープを引《ひ》くと、ピコポコ　ピコポコ　笛《ふえ》がなる。

「やったね。ぼくにも　運《うん》がむいてきたカァ。きっと　赤《あか》い宝石《ほうせき》の木《き》が　見《み》つかるってことかも……」

アアは　ひろい集《あつ》めたばかりの　ピカピカのブローチと　ミニカー、ビー玉《だま》なんかを　それに積《つ》み、お尻《しり》をふりふり　歩《ある》き出《だ》した。

ピコポコ　ピコポコ　ピコポコ　ピコポコ……。

ピコポコ　ルルルル　ピコポコ　キョキョキョキョ……。

ヒヨヒヨ　ルルルル　リロリロ　キョキョキョ……。

四方《しほう》から　たえまなく　ゲーム機《き》のさえずりが　聞《き》こえてくる。

だけど　うっとりと　耳《みみ》をかたむけていると、体《からだ》ごとすくわれるよ。ここはビデオのテープやら　CD　ゲームソフトのゴミの丘《おか》。ツルツル滑《すべ》って、そのうえ　足場《あしば》がやたら崩《くず》れやすいときてるんだ。

アアの足音《あしおと》をききつけたのか、向《む》こうから　声《こえ》がした。

「タンサーン！　タンサーン！」

すると、たちまち　あっちこっちの　丘《おか》の斜面《しゃめん》の洞《ほら》から　イタチの面々《めんめん》が顔《かお》をのぞかせる。

「タンニー！」「タンイチー！」「アルカリ・ボタン3P！」「1P！」「リチウムコイン！」……。

一日中《いちにちじゅう》　ゴミの洞《ほら》にこもって　ゲームに熱中《ねっちゅう》している連中《れんちゅう》だ。

「カラスちがいだよ、おあいにくさま。ぼくは　乾電池《かんでんち》は集《あつ》めてないの」

イタチって、チョコマカ　チョコマカ　うっとうしくてね。どこへでも　なにかといっては首《くび》をつっこみ　ひっかきまわす、はなつまみ者《もの》なんだ。それが　こんなふうに　ピッタシと　ゲームにハマってくれて、いまじゃ　ゴミの島《しま》のみんなも　枕《まくら》を高《たか》くして　ぐっすり眠《ねむ》れる。

うん、ゲーム様様《さまさま》ってとこだね。

「おーっと！」
アアが　腰《こし》をかがめて　身《み》をかわした。
その頭上《ずじょう》を　ヒューン、音《おと》をたてて　ＣＤが
飛《と》ぶ。それをきっかけにして、〝決戦《けっせん》〟の
火《ひ》ぶたが　切《き》られたもよう。
「これって　いつものことらしいけど、
……おっとっと……」

飛《と》んできた　CDを　左《ひだり》にかわし、右《みぎ》によける。
「ほどほどにしてよ……おっと！　ゲームの
世界《せかい》と　ごっちゃにするの……おっとう！」
CDにまぎれて　ヨーヨーが飛《と》ぶ、プラモの
ジェット戦闘機《せんとうき》が、戦車《せんしゃ》が、バズーカ砲《ほう》がと、
もうシッチャカメッチャカ。
アアは　やっとこさ　ゴミテープにかくれて　逃《に》げ出《だ》した。

やっとこさ　戦乱《せんらん》の丘《おか》を逃《に》げのびて、アアは　ドサリと　身《み》を投《な》げ出《だ》した。

とたんに、ガバッと　はね起《お》きる。

「わー、ゲ、ゲ、ゲームの犠牲者《ぎせいしゃ》！」

パッチリと　大《おお》きな目《め》を見開《みひら》いた　赤《あか》ん坊《ぼう》たち……かと思《おも》ったら、人形《にんぎょう》だった。

「かんべんしてよ。ぼくの心臓《しんぞう》、さっきから　ビビリッぱなしなんだから……」

ところが　その服《ふく》を見《み》て、アアは声《こえ》をあげた。

「めっけ！　チョー・ベビーサイズ。ぼくに　ピッタシじゃん！

オッシャレー！　こんなリュックが　ほしかったのさ」

苦《く》あれば楽《らく》ありって　本当《ほんとう》なんだ。もっとも　ここゴミの島《しま》では「九《く》あれば十《じゅう》あり」って　言《い》うらしいけど。

モノ　モノ　モノ
すたれるモノは　はやりモノ
いらないモノは　ほしいモノ
モノ　モノ　モノ
ここは　ごきげんデパート　ゴミの島《しま》

ごきげんなアアは　パンパンに着《き》ぶくれて
ヨチヨチ　ピコポコ　ヨチヨチ　ピコポコ、
鼻歌《はなうた》まじりで　歩《ある》いていく。

ここらあたりは　燃《も》えないゴミ区《く》、千尋《せんじん》の家電渓谷《かでんけいこく》。切《き》りたつ　電化製品《でんかせいひん》のゴミの壁《かべ》は　地層《ちそう》をなして　ゴミの島《しま》の近代史《きんだいし》を物語《ものがた》っている。

洗濯機《せんたくき》、冷蔵庫《れいぞうこ》、冷暖房機《れいだんぼうき》、電子《でんし》レンジといった大型電気機《おおがたでんきき》が　雲《くも》をつくように　うず高《たか》く　積《つ》みあげられて、その隙間《すきま》をうめて、アイロン、ドライヤー、ゆで卵器《たまごき》、電気洗顔器《でんきせんがんき》、電動《でんどう》マゴの手《て》などがもぐりこみ、そのまた　ごくごくちいさな隙間《すきま》には、電気鼻毛切《でんきはなげぎ》り、電気爪《でんきつめ》のアカとり器《き》、電動耳《でんどうみみ》かき、電気《でんき》ハナクソほじり器《き》、電動《でんどう》つまようじ器《き》といった小物《こもの》が　コケのようにビッシリと　こびりついているのだ。

ピコポコ　ピコポコ　ポコポコ　ピコポコ……。

アヒル車《ぐるま》の笛《ふえ》の音《おと》が　真昼《まひる》の渓谷《けいこく》の静寂《せいじゃく》をやぶって　こだまする。

ピコポコ　ピコポコ　ピコポコ　ピコポコ……。

「ボロッホホッホ……休《やす》んでおゆきな。それにしても　にぎやかだねえ」

冷蔵庫《れいぞうこ》から　低《ひく》くしわがれた声《こえ》が　もれてきた。

おっそろしく古《ふる》びた年代物《ねんだいもの》。

のぞくと、うす汚《よご》れて変色《へんしょく》した壁《かべ》には　ポスターや古新聞《ふるしんぶん》や雑誌《ざっし》のグラビア写真《しゃしん》なんかが　ところせましと貼《は》りつけてある。その奥《おく》の暗《くら》がりで　だれかが「おいで　おいで」と　手招《てまね》きをしていた。

ぎょっとした。

するどいくちばし。大《おお》きなかぎ爪《づめ》。ふわりと　黒《くろ》いマントをまとって座《すわ》る　あやしい雰囲気《ふんいき》……。

これが　噂《うわさ》にきくフクロウ〝家電渓谷《かでんけいこく》の一〇〇ワットオババ〟だ、と　アアは直感《ちょっかん》した。

腰《こし》を落《お》としかげん、足先《あしさき》に重心《じゅうしん》を移《うつ》して、アアは　いつでも　逃《に》げ出《だ》せるように　身構《みがま》えた。

生《なま》ゴミの袋《ふくろ》から　いきなりニシキヘビが出《で》てきて以来《いらい》の　緊張《きんちょう》の異種対決《いしゅたいけつ》。

いや、もう一度《いちど》あった。ワニ皮《かわ》のトランクから　のそりと　ワニが現《あらわ》れ出《で》たとき。どっちもペットとして　ニンゲンといっしょに　暮《く》らしていたんだと、ずっとあとで知《し》ったことだけど。

ほかにも、カメレオン、カミツキガメ、ダチョウ、ライオンなんて生《なま》ゴミも見《み》たと、ゴミ本《ほん》の世界動物図鑑《せかいどうぶつずかん》をひらいて　言《い》いはる仲間《なかま》がいたけど、本当《ほんとう》のところはわからない。だけど、なんでも揃《そろ》う　ゴミの島《しま》だもの、そんなのもアリってことかも……。

ところで、一〇〇ワットオババは　いっこうに　とびかかってくる気配《けはい》がない。スヤスヤ　ホヤホヤと　おだやかな寝息《ねいき》さえ聞《き》こえる。よくよく見《み》れば、目《め》が閉《と》じられて、一〇〇ワットの電球《でんきゅう》が　切《き》れてるみたい。その表情《ひょうじょう》は　おだやかで、どう見《み》たって　気《き》の良《よ》さそうなおばあちゃん。

アアが　まじまじ　うかがっていると、一〇〇ワットオババが言《い》った。

「お昼《ひる》どきや。食《た》べておいきな……、ブロッホホッホ」

「クウ、クウー！」

アアが　答《こた》えるよりさきに、ペコペコのお腹《なか》が　元気《げんき》よく　代返《だいへん》、じゃない鳴《な》っていた。

無理《むり》もない。なんせきょうは朝《あさ》から　なんだかんだと　バタバタしてて、まだこれといった食《く》い物《もの》に　ありついてなかったからね。

「あ、はい、じゃ　えんりょなく……」

アアは　ピョンと　冷蔵庫《れいぞうこ》に　入《はい》ろうとして、いつもより軽《かる》くはずんだ体《からだ》にびっくりした。

（ハハ、体《からだ》が軽《かる》くなったのさ。こんな腹《はら》ペコ、はじめてだもんね。いまに　体《からだ》が空《そら》を飛《と》ぶってカァ？　まっさカァ。……）

「さあさ、おあがり。賞味期限切《しょうみきげんぎ》れの　いまが食《た》べごろ、十五年《ねん》もの。とってきの生《なま》ハムだわさ」

ツンと鼻《はな》をつく臭《にお》いが　食欲《しょくよく》をそそる。糸《いと》を引《ひ》く　ねっとりとした食感《しょくかん》。舌《した》にとろけるマッタリとした酸味《さんみ》……。デザートは　空気《くうき》のぬけたバレーボールみたいな、フニャフニャのマスクメロン。

アアのたてる　果汁《かじゅう》をすする音《おと》に　うっとりとして　一〇〇ワットオババはつぶやいた。

「あたしにも　孫《まご》がいたら、あんたぐらいかもしれないねえ……」

どうやら　アアは　フクロウとまちがわれたらしい。

一〇〇ワットオババは　自分《じぶん》の口《くち》から出《で》た　孫《まご》という言葉《ことば》の思《おも》いにひたるかのよう、問《と》わず語《がた》りに　ボソボソと　昔《むかし》を　話《はな》しはじめた。

「知《し》ってるかい、……ブロッホホッホ…。この島《しま》は　ほんの少《すこ》し前《まえ》までは　段々《だんだん》畑《ばたけ》のミカンの島《しま》だったのさ。
夏《なつ》のはじめは白《しろ》いミカンの花盛《はなざか》り。甘《あま》い香《かお》りに誘《さそ》われて　ハチやチョウチョが群《む》れ飛《と》んで、秋《あき》の終《お》わりにゃあ　それはみごとに　島《しま》はミカンで夕焼《ゆうや》け色《いろ》に染《そ》めあがる……、ブロッホホッホ……」

アアには　はじめて　耳《みみ》にすることだった。いつか　そんな光景《こうけい》の写真《しゃしん》をゴミの観光《かんこう》パンフレットで　見《み》たおぼえはあったけど。

この話《はなし》が本当《ほんとう》だとしたら、一〇〇ワットオババって、いったい　なん年《ねん》　生《い》きてるんだろ……。だって　アアが生《う》まれたときには、見渡《みわた》すかぎりの　ゴミの島《しま》だったわけで……。

「……ミカンの実《み》に群《むら》がる　リスやら野《の》ネズミやら小鳥《ことり》やカラスたち……。そのコロコロと太《ふと》り、トロリとあぶらののった　新鮮《しんせん》な生肉《なまにく》の味《あじ》といったら……、ブロッホホッホ」

アアは　あやうく　メロンの皮《かわ》を　喉《のど》につまらせかけた。

「……ところが、あたしときたら　すっかり味《あじ》の好《この》みが　変《か》わってしまってねえ、いまじゃ　これが……、ブロッホホッホ、大好物《だいこうぶつ》」

オババは　なにやら口《くち》に放《ほう》りこみ、カリカリ　コリコリと　にぎやかにかじりたてた。

「これがまた　みょうに　あとひく味《あじ》での。食《た》べだしたら　やめられん……」

またしても　口《くち》に入《い》れ　カリカリ　コリコリと　音《おと》をたてる。

「これもまあ　言《い》ってみたら、カリカリ、環境《かんきょう》の変化《へんか》に対《たい》する、コリコリ、生態《せいたい》系《けい》の順応《じゅんのう》と生《い》き残《のこ》りの知恵《ちえ》……とか　いったわな、たしか、カリコリカリコリ……」

と、まわりに貼《は》った新聞《しんぶん》に目《め》をやり、それから　黄色《きいろ》く変色《へんしょく》した一枚《いちまい》を　あごでしゃくった。山《やま》を切《き》り拓《ひら》く　ブルドーザーのグラビア写真《しゃしん》だった。

「それは、ある朝《あさ》とつぜん　やってきたんだ。そのとき　あたしは　大《おお》きな木《き》のウロのなかでね。たまごを三個《さんこ》温《あたた》めていた。

なにがなんだか　わからなかったよ。嵐《あらし》でもないのに　島《しま》がゴンゴン　揺《ゆ》さぶられて。

気《き》がついたときは　木《き》の下敷《したじ》き。三日目《みっかめ》の晩《ばん》、どうにかこうにか動《うご》きがとれて、やっとの思《おも》いで　はい出《だ》した……」

オババは　ひとしきり　カリカリと　音《おと》をたて、それから　カッと　大《おお》きな目《め》を　見開《みひら》いた。

「抱《だ》いていたたまごは　無残《むざん》にも　つぶされてたよ。そればかりか、畑《はたけ》も山《やま》もなんもかんも　いっさいがっさいが　消《き》え、島《しま》はしんと静《しず》まりかえっているばかり……」

けがで飛《と》ぶこともできなかった　オババは、ひとりきり、いや　たった一羽《いちわ》きり、土《つち》にうもれたミカンを掘《ほ》り出《だ》し、どうにかこうにか　飢《う》えをしのいでいた。

そんなある日《ひ》……、

一槽《いっそう》の船《ふね》が、なんと思《おも》いがけなく　救援物資《きゅうえんぶっし》を、それもおしげもなく　ドーンと山積《やまづ》みにして　やってきた……。

それが始《はじ》まり。あとからあとからあとから　来《く》るわ来《く》るわ、毎日毎日《まいにちまいにち》、朝《あさ》も晩《ばん》も、ひっきりなし。

おいしいもの、おいしくないもの、食《く》えば食《く》えないこともないもの、どうにもこうにも食《く》えないもの……。

島《しま》が　救援物資《きゅうえんぶっし》で、いやいや、ゴミであふれかえるにつれて、いつか　ネズミやカラスも　増《ふ》えてきた。ところが大好物《だいこうぶつ》の　これらの生肉《なまにく》より、目《め》の前《まえ》にある食料《しょくりょう》ゴミのほうが　すっかり　口《くち》になじむようになっていて……。

「ほら　そうだわな、なんたって　獲物《えもの》をとる手間《てま》がはぶける。カリコリカリコリ。それに、血《ち》も涙《なみだ》もないテンテキだの、鬼《おに》だのと、後《うし》ろ指《ゆび》さされなくてすむってもんだし、カリカリコリコリ……」

冷蔵庫《れいぞうこ》の奥《おく》には　ドッグフードやらキャットフードの袋《ふくろ》が　どっさりと　積《つ》みあげてある。どうやら　オババがかじっているのは　これらしい。

「こんなして　のほほんといられるのも、なんだって揃《そろ》う　ゴミの島《しま》のおかげさ、カリカリコリコリ……。

なんだって揃《そろ》うといえば、このごろじゃあ　犬《いぬ》、猫《ねこ》、ニワトリ、ブタ、ウシ、それにワニ、トラまで見《み》かけるっていうじゃないか……。

〝夜流《よなが》し商会《しょうかい》〟……とかいうらしい。迷《まよ》いこんできたオウムから聞《き》いた話《はなし》だよ。

なんでも、ペットを専門《せんもん》に扱《あつか》うゴミ船《せん》で　こっそりと　ここに運《はこ》びこむ……。

流行遅《りゅうこうおく》れの、飽《あ》きたの、大《おお》きくなりすぎて　手《て》に負《お》えなくなったの、ボケて寝《ね》たきりになってしまったのとか、ペットもベットごと使《つか》い捨《す》てってわけらしい。」

そう言《い》って　オババは　また　口《くち》いっぱいに　ドッグフードを　放《ほう》りこんだ。

ピコポコ　ピコポコ　ピコポコ　ピコポコ……。

ゴミのなかに光《ひか》る　紙《かみ》ばさみや　自転車《じてんしゃ》のカギだの、得《え》たいの知《し》れない　あれこれを　ひろいながら、アアは行《ゆ》く。

「フクロウの言《い》う〝赤《あか》いミカンの実《み》〟って、もしかして　ぼくの宝石《ほうせき》の木《き》のこと？　だけど、それって　ずっと昔《むかし》　すっかり根《ね》こそぎにされたって、たしかそう言《い》ったよなあ。じゃあ　いまはもう　ぜんぜん　ないってことカァ……」

だけど、ぼくは　あのとき　この目《め》で　はっきりと見《み》たんだから……と　アアは　ピコポコ　ピコポコ　歩《ある》き続《つづ》ける。

家電渓谷《かでんけいこく》をぬけると、光景《こうけい》はガラリと一変《いっぺん》した。

見渡《みわた》すかぎりの　車砂漠《くるまさばく》。遠《とお》くぼうっと　赤《あか》サビ色《いろ》に見《み》えるあたりは、バス、トラックなど大型廃車《おおがたはいしゃ》が作《つく》る丘陵《きゅうりょう》。その右手《みぎて》には　なだらかなスロープを描《えが》く自転車《じてんしゃ》やバイクの廃車《はいしゃ》。ときおり砂塵《さじん》が舞《ま》うように　かすみがかって立《た》ちのぼるのは　蚊柱《かばしら》か。そして　いまアアがいるのは、車砂漠《くるまさばく》のなかでも　とりわけカラフルな　乗用車《じょうようしゃ》の廃車丘《はいしゃおか》。折《お》り重《かさ》なった色《いろ》とりどりの車《くるま》の屋根《やね》が　連《つら》なり　波《なみ》うっているのだった。

「空《あ》き家《や》さがしは　おことわりだぜ、そこのぼうや」

足《あし》もとの車《くるま》のなかから　声《こえ》がして、アアは　あわてて　言《い》い返《かえ》した。

「いえ、そんなじゃないです、ぼく……」

(冗談《じょうだん》じゃないって。たのまれたって、こんなところを　ねぐらにするのは　おことわりさ)

アアの足《あし》は　つい　セカセカと　速《はや》くなる。

車砂漠《くるまさばく》の野良犬《のらいぬ》たちときたら、いつも　車《くるま》のなかにとじこもり、ぬいぐるみを抱《だ》っこして　寝《ね》そべっている。だけど　いったん彼《かれ》らが機嫌《きげん》をそこねたら、どんな　ひどい目《め》にあうか　わからない。

なんでも、〝ステル〟という言葉《ことば》。これだけは　どんなことがあっても　けっして、断《だん》じて、絶対《ぜったい》に、使《つか》っちゃいけない　禁句《きんく》なんだって。

うっかり「使《つか》いステのライター、めっけ！」と　彼《かれ》らのまえで　口《くち》を滑《すべ》らせてしまったばっかりに、お尻《しり》の羽《はね》を　スッポンポンに　むしりとられた　カラスがいる。

でも　そんなのは、まだましなんだって。

「わあい　わあい、ステキなスチールの　ステッキ、めっけ！」

あろうことか、彼《かれ》らのまえで　ステッキふりふり　ステップ踏《ふ》んで、すべってころんでしまった　カラスがいてね、スッテーンと。サッカーボールにされたらしい。荷造《にづく》り用《よう》のテープで　ぐるぐる巻《ま》きにされて。

ボロボロになって　帰《かえ》ってきた　サッカーボールが　言《い》ったそうだよ。

「ボコボコ　蹴飛《けと》ばしながら　さけぶんだぜ。タダシのバッカヤロー！　ワンにゃろ　ハルコー！　おいら、ゴミなんかじゃねえぞー！ってさ。ふつうじゃねえよ。どうかしてるって　あの野良公《のらこう》たち。アイタタタ……」

こんな所《ところ》は　早《はや》いとこ　オサラバだ。アアは車《くるま》の屋根《やね》からボンネットへ　滑《すべ》りおり、ボンネットから屋根《やね》へと　ジャンプする。

ほらほら、野良犬《のらいぬ》たちの　いらだつ　どなり声《ごえ》が聞《き》こえるよ。

「ガタゴト　ピコポコ　うるせえ　ワン！」

「やい！　その音《おと》、ワンとかならねえのか！」

言《い》われなくても、アアだって　もうじゅうぶんに　重《おも》い箱車《はこぐるま》を　持《も》てあましていたんだ。歩《ある》く道《みち》すがら　ひろい集《あつ》めた光《ひか》り物《もの》。ネックレス、バッジ、指輪《ゆびわ》、ペンダント。ブリキ缶《かん》に　ぎっしり詰《つ》めこんだ　パチンコ玉《だま》や　なにやらこまごまとした光《ひか》り物《もの》。それにゴルフコンペの記念《きねん》メダル。水道《すいどう》の蛇口《じゃぐち》……。

(惜《お》しいけど、また集《あつ》めりゃいいカァ。それに　とっておきのお気《き》に入《い》りは　ちゃんと　リュックにしまってあるし)

「あ、はい、いま　捨《す》て……」

言《い》いかけて、アアは　あわてて　くちばしをおさえた。

思《おも》わず頭《あたま》に浮《う》かんだ　不吉《ふきつ》なサッカーボールを　ヘディングで　ふり飛《と》ばし、その場《ば》に　箱車《はこぐるま》をうっちゃる　そのついでに、アアは　足《あし》もとにあった　車《くるま》のドアの取《と》っ手《て》を　チャッとひろいあげた。その動作《どうさ》の、なんとす早《ばや》いこと！　日《ひ》ごろ〝カラスの行水《ぎょうずい》〟と称賛《しょうさん》される早業《はやわざ》で鍛《きた》えられた　みごとな動《うご》きだった。

それにしても　カラスってやつは、光《ひか》り物《もの》が目《め》に入《はい》ると、習慣《しゅうかん》ていうか　ついクチバシが出《で》てしまうんだね。いざっていう　せっぱつまった　こんなときでさえ。いや、そんなときほどっていうのかな……。

屋根《やね》とボンネットを　のぼっておりて、のぼっておりて、アアは　セカセカと車砂漠《くるまさばく》をこえて行《い》く。

ここは　アリ地獄《じごく》といわれる　カンカン谷《だに》。この島《しま》でも指《ゆび》おりの難所《なんしょ》ときく。新月《しんげつ》の暗闇《くらやみ》の夜《よる》、一夜《いちや》にしてできたという　伝説《でんせつ》があり、〝ゴミの島五三不思議《しまごみふしぎ》〟のひとつに　かぞえられているけど、賞味期限切《しょうみきげんぎ》れのカンヅメを　ヘリコプターとやらで　空《そら》からぶちまけたというのが、どうやら　その真相《しんそう》らしい。

アアには、ここから先《さき》は　未知《みち》の世界《せかい》。まだ足《あし》を踏《ふ》み入《い》れたことがない。それというのも、ここらは〝カケコッコ軍団《ぐんだん》〟と呼《よ》ばれる　ならず者《もの》たちの縄張《なわば》りで、悪《わる》い噂《うわさ》があったからだ。

「目《め》につく者《もの》　誰《だれ》かれなしに　襲《おそ》いかかってよ。くちばしでつっつく、爪《つめ》でひっかく、あげくに　生《う》みたてのタマゴを　ぶちまけるっていうから、タチが悪《わる》いよ」

「ウホッ、それって　義賊《ぎぞく》みたい。ボクにも　生《う》みたてのタマゴ、ぶつけてほしい！」

「バーカァ。タマゴ責《ぜ》めなんだぞ。頭《あたま》のてっぺんから　つま先《さき》まで　ベトベトにされたいってカァ」

「せまっくるしい　ゲージのなかから　いきなり　だだっぴろいゴミの島《しま》だろ、それで　頭《あたま》がケイランして　コンランぶつけるんだろうって、……あれ？」

「混乱《こんらん》して　鶏卵《けいらん》ぶつける、だろ？　なんでも、食《た》べてた飼料《しりょう》に　問題《もんだい》があって、それで　ゴミにされたらしい」

「痛《いた》い思《おも》いをして　産《う》む　自分《じぶん》のタマゴでしょ。なんか　ふカァい思《おも》いを抱《かか》えているのよね、きっと……」

ガラ場《ば》の三角地《さんかくち》で　アアの仲間《なかま》たちが　そんなことを　しゃべりあっていたの

だ。

ガラガラ、ガラガラ、ガラガラ、ガラガラ、……。

歩《ある》くたびに　足《あし》もとからカンヅメが滑《すべ》り落《お》ちていく。空《あき》カンじゃないよ。中身《なかみ》の詰《つ》まった未開封《みかいふう》のカンヅメ。だから　ころがる音《おと》も　電話谷《でんわだに》の　ケイタイのカラコロなんて軽《かる》いのとは　音域《おんいき》がちがう。

ガラガラ、ガラガラ、ゴロゴロゴロ……。

（クー。すきっ腹《ぱら》に　こたえるね、このズンとくる重低音《じゅうていおん》……）

マッタリと煮《に》こんだ　タンシチュウ。赤《あか》くひかる粒々《つぶつぶ》が食欲《しょくよく》をさそう　アズキ粒《つぶ》アン。香《かお》りがただよってきそうな　ビーフカレー……。ラベルの絵《え》のなんとおいしそうなこと！　アアの口《くち》から　よだれが垂《た》れる。

（かんべんしてョ……。一滴《いってき》の水《みず》さえなしに　やっとの思《おも》いで　しのいできたんだから。ギンギン照《て》りつける　車《くるま》の砂漠《さばく》を　はるばると……）

日《ひ》ざしも傾《かたむ》き、いつもなら　そろそろ　第七食《だいななしょく》めを　とるころ。アアの首《くび》にはカン切《き》りが　ちゃーんとぶらさがってる。キラキラ光《ひか》って　ステキだけど、でもこれを使《つか》いこなすのは　カラスには　お手《て》あげだ。

たまらずに、とうとう　アアは　カンヅメを　クチバシで　つつきはじめた。

カンコンコン、カンコンコン……。むきになって　三倍速《さんばいそく》、カカカンコココン、カカカンコココン……、十倍速《じゅうばいそく》、カカカカカ、コココココ……。

いくら自慢《じまん》のクチバシだって、カンヅメには　かなわない。クラクラッと　目《め》がまわり、アアはそのままアリ地獄《じごく》、カンカン谷《だに》をころがり落《お》ちていった。

「うめき声《ごえ》　あげっチュウが、だいじょうぶか?」

「へいき、へいき。クウクウ　言《い》っチュウのは、お腹《なか》のほうだし」

アアが気《き》がつくと、ネズミたちが　のぞきこんでいた。

ぐったりと　のびている　アアのために、ネズミが　野菜《やさい》シチュウのカンヅメを　キリキリと　歯《は》で開《あ》けてくれた。

それは　まるで　ドングリの皮《かわ》をくるりと剥《は》ぐような　おどろくほどの　速《はや》さと器用《きよう》さで。

「このカンカン谷《だに》は、昔話《むかしばなし》に聞《き》いた　ドングリ山《やま》っチュウとこさ。一年中《いちねんじゅう》が実《みの》りの秋《あき》の」

そのシシュウの　なんとうまかったことか。

アアは　その夜《よる》は　ネズミたちの世話《せわ》になることになった。

カンカン谷《だに》に　春《はる》がきた
イワシ缶《かん》　ゼンマイ缶《かん》
アスパラガス缶《かん》

カンカン谷《だに》に　夏《なつ》がきた
ミツマメ缶《かん》　モモ缶《かん》
フルーツポンチ缶《かん》

カンカン谷《だに》に　秋《あき》がきた
ナメタケ缶《かん》　ギンナン缶《かん》
ツブツブコーン缶《かん》

カンカン谷《だに》に　冬《ふゆ》がきた
シチュウ缶《かん》　シャケ缶《かん》
ミカン缶《かん》

ネズミたちから　あまーいにおいがする。彼《かれ》らが着《き》ている　そろいのサンタの服《ふく》は、クリスマスプレゼントの　チョコレートが　入《はい》ってたんだって。

ネズミたちの　アジトは　カンカン谷《だに》のすぐ近《ちか》くにあった。

そんな環境《かんきょう》のせいだろう、うるさいハエ、ゴキブリの姿《すがた》を　見《み》かけない。〝食《しょく》近《きん》・日《ひ》あたり良好《りょうこう》・悪臭《あくしゅう》なし〟。悪臭《あくしゅう》なしってのが　物足《ものた》りないけど、住宅環境《じゅうたくかんきょう》としては　ゴミの島《しま》でも　一等地《いっとうち》って感《かん》じ。

それにふさわしく、赤《あか》い三角屋根《さんかくやね》に白《しろ》い壁《かべ》、プラスチックの瀟洒《しょうしゃ》な家々《いえいえ》が建《た》ち並《なら》んでいた。

おどろくじゃないか、これが　ネズミたちの棲《す》み家《か》だなんて。

どの家《いえ》も　色《いろ》と形《かたち》が同《おな》じなのは、

「犬小屋《いぬごや》として　売《う》り出《だ》されてたのが、なんでも、リューコーオクレ、とかでどかっと　ここに　運《はこ》びこまれたっチュウ　話《はなし》だよ」

と、アアを案内《あんない》しながら　ネズミが言《い》う。

ニンゲンたちの気《き》まぐれとかで、そりゃあもうコロコロと　めまぐるしく　好《この》みが変《か》わるらしい。

大《おお》きいのとか小《ちい》さいやつ、ホワイト系《けい》とかブラウン系《けい》、和型《わがた》にするか洋型《ようがた》かとか。

いやいや、これは　犬小屋《いぬごや》のことじゃなくて、そこをねぐらにする　ペット犬《けん》の話《はなし》だっていうから、もうホント、ややこしい。

「じいさんや　ばあさんたちが、昔《むかし》の　町《まち》での暮《く》らしが　なつかしいっチュウのよ、このショートケーキ・ハウス。ま、いまじゃ　おいらも　気《き》に入《い》ってるけどよ」

なかをのぞくと、ヒェー　びっくり。なんと　ネコが　寝《ね》そべってるんだもの。

「やあ、新入《しんい》りかい。よろしくニャア」

「あ、いえ、どうも……」

「ニャンたって　ここの暮《く》らしは　快適《かいてき》でニャア、まるで天国《てんごく》さ。大好物《だいこうぶつ》のネコ缶《かん》だって　食《く》いほうだい。それも　自動缶切《じどうかんき》り装置《そうち》つきとくるから、ホント、たまらニャアで！」

乱《みだ》れてるよ、まったく。なんだろうねえ、ネコとネズミが　同居《どうきょ》だなんて……。

以前《いぜん》、ネズミたちが　ニワトリの〝カケコッコ軍団《ぐんだん》〟に　襲《おそ》われたところを、野良猫《のらねこ》に助《たす》けられたのが、同居《どうきょ》の始《はじ》まりなんだって。

「じいさんたちは　なにかっチュウと　こぼすけどよ。昔《むかし》は　野良猫《のらねこ》たちとチュウチュウ　ニャアニャア　はでにやりあったもんだ。それが生《い》き甲斐《がい》だったたって。だけど、時代《じだい》がちがうだろって。いまはコーゾーカイカクだっチュウのよ、な」

やっぱりなァ……、とアアは思《おも》った。ネズミの世間《せけん》も　一〇〇ワットオババの言《い》う　変化《へんか》の時代《じだい》にあるらしい。もっとも、見《み》た目《め》にも、ネコかネズミかなんて見分《みわ》けがつかない。どっちもどっち　みごとに太《ふと》ってまんまるく、まるで十五夜《じゅうごや》のお月《つき》さまなんだもの。

「お若《わか》いの、今夜《こんや》は　きみを歓迎《かんげい》しての　チュウ食会《しょくかい》。いや、わしらは　朝《あさ》も夜《よる》も、チュウ食会《しょくかい》と言《い》うわけで……。これからの　ながーい夜《よる》にそなえて、しこたま　たらふく　めしあがれ。フッフッフ……」

長老《ちょうろう》ネズミの　なにやら気《き》になる　ふくみ笑《わら》いに始《はじ》まった〝歓迎《かんげい》カンヅメチュ

ウ食会《しょくかい》〟のあとは、ショータイム。

ネズミ花火《はなび》でいっきに盛《も》りあがり、みんなで歌《うた》い踊《おど》る　即席《そくせき》の、〝ニャンチュウカア！　これがゴミの島音頭《しまおんど》〟

おなかが　鳴《な》ってる　クウクウクウ
かしパン　おすし　オムライス
ステーキ　プリン　スパゲティー
メロン　バナナ　チョコ　ケーキ
ソレ　ニャンチュウカァ　アソレ　クウクウクウ
おなかが　言《い》ってる　クウクウクウ
つくりすぎ　食《た》べ残《のこ》し　大賛成《だいさんせい》
賞味期限切《しょうみきげんぎ》れ　売《う》れ残《のこ》り　大歓迎《だいかんげい》
ごきげん　レストラン　ゴミの島《しま》
ソレ　ニャンチュウカァ　アソレ　クウクウクウ

そのあと、アアは　ネズミのお年《とし》よりたちの集《あつ》まりという　〝チュウ老会《ろうかい》〟に招《まね》かれた。夜《よる》にはからっきし弱《よわ》い　アアだけれど、お世話《せわ》になりながらことわるなんて　できないだろう？

「今夜《こんや》は　たっぷりと、思《おも》うぞんぶん　しゃべりまくるぞ」

「パンパンに張《は》った　腹《はら》ごなしのためにものォ」

それにしても　お年《とし》よりたちの　まあそのテンションの高《たか》いこと。なんせ　こうした若《わか》い聞《き》き手《て》が現《あらわ》れたのは、久《ひさ》しぶりのことらしくて。

「さあさあ　ぼうや、ようく聞《き》いとくれ」

「いやいや　わしのほうが　先《さき》だっチュウに」

いまにも　つかみあいが始《はじ》まりそうな　勢《いきお》いでね。

「不況《ふきょう》の工場街《こうじょうがい》から　家族《かぞく》をひきつれて　はるばると　この島《しま》に渡《わた》ってきた」というおじいさん。

「朝《あさ》も夜《よる》もない　さわがしい繁華街《はんかがい》で　神経《しんけい》を患《わずら》ってしまった孫娘《まごむすめ》のために　ここにやってきた」と語《かた》る　おばあさん。

「地震《じしん》のまえぶれを感《かん》じて　とるものもとりあえず　逃《に》げてきた」と、チュウ風《ふう》で痛《いた》む足《あし》を　さすりさすり話《はな》す　おばあさん。

語《かた》るほどに　話《はな》すほどに　お年《とし》よりたちの意気《いき》は　ますます盛《も》りあがる。だけどアアの頭《あたま》は　もうこのあたりから　眠気《ねむけ》でもうろう、目《め》はしょぼしょぼ。うとうとと　眠《ねむ》りかけるたびに、

「ほらほら　わしの話《はなし》、聞《き》けっチュウに！」

と、長《なが》いしっぽで　揺《ゆ》りおこされる。チュウ食会《しょくかい》で　長老《ちょうろう》の言《い》った「ながーい夜《よる》」とは、このことらしい。

〝チュウ老会《ろうかい》〟の盛《も》りあがりは　生活編《せいかつへん》から冒険編《ぼうけんへん》の第二章《だいにしょう》、ゴミの島《しま》への密航《みっこう》体験談《たいけんだん》へと　なだれこむ。

てんでに　われさきにと話《はな》すのを　制《せい》して、長老《ちょうろう》が　立《た》ちあがった。

「まあまあ　みなのチュウ（衆《しゅう》）、チュウもくして聞《き》いとくれ。
以後《いご》、話《はなし》は簡単明瞭《かんたんめいりょう》、要点《ようてん》をかいつまんで　チョー短《みじか》く　まとめること。でないと　夜《よ》が明《あ》けチュウ」

というわけで、老人《ろうじん》たちの　第二章《だいにしょう》の語《かた》りは　スムーズに進《すす》む。それを一行《いちぎょう》にまとめると、左記《さき》になる。

（一《いち》）廃棄物運搬船《はいきぶつうんぱんせん》の　生《なま》ゴミ袋《ぶくろ》に　潜入《せんにゅう》。食《た》べ放題《ほうだい》、昼寝《ひるね》つき。ラクショウ。

（二《に》）古材不法投棄《ふるざいふほうとうき》のイカダ人夫《にんぷ》の　やかんに潜《ひそ》む。水腹《みずばら》、水虫《みずむし》に悩《なや》む。

（三《さん》）不良猫《ふりょうねこ》にビン詰《づ》めにされて漂流《ひょうりゅう》。飲《の》まず食《く》わずで　サイアク。

移民一世《いみんいっせい》の　お年《とし》よりたちの　体験談《たいけんだん》は、雄《お》雄《お》しくも　涙《なみだ》ぐましい。なかにはカモメの足《あし》にからんだ釣《つ》り糸《いと》に　ぶらさがり、空《そら》からの密航《みっこう》をはたした勇者《もさ》がいたりして。

そういえば　アアの祖先《そせん》も　その昔《むかし》　海《うみ》の向《む》こうから渡《わた》ってきたと　聞《き》いている。どんどん町《まち》に変《か》わっていく野《の》や山《やま》を追《お》われ、街場《まちば》のカラスに締《し》め出《だ》されて……。

遠《とお》く　向《む》こう岸《ぎし》の街《まち》の灯《あかり》が　キラキラと　輝《かがや》いていた。アアには　はじめて目《め》にする　めずらしい光景《こうけい》だった。

（まるで、一番星《いちばんほし》をかき集《あつ》めた　星屑《ほしくず》の丘《おか》みたい。ぼくも　いつかきっと　ミッコウとやらで　行《い》ってみよう……）

話《はなし》の　あい間《ま》あい間《ま》、合《あ》いの手《て》の　しんみりとした声《こえ》が　とびかう。

「あのころにくらべたら、ネズミの力《ちから》も　おとろえたっチュウか……」

〃チュウ老会《ろうかい》〃面々《めんめん》の話《はなし》は、（四）《し》、（五）《ご》、（六）《ろく》、（七）《なな》と　続《つづ》く。（八）《はち》、（九）《く》、（十）《じゅう》、（十一）《じゅういち》……、まだまだ続《つづ》いた。

もっとも　アアはといえば、もうそのほとんどを　うつらうつらと夢《ゆめ》のなかばにいたようで。歩《ある》きつかれたせいもあるけれど、なによりも　朝《あさ》が早《はや》いカラスのこと、夜更《よふ》かしなんて　生《う》まれてはじめてのことだったからね。

夢《ゆめ》のなかでも　歩《ある》き続《つづ》けてるなんて　バッカみたい……と　思《おも》いながら、トコトコ　トコトコ　歩《ある》き続《つづ》ける……。

体《からだ》がふらふらと　たよりなく　揺《ゆ》れている……。

揺《ゆ》れながら　ふわりふわりと　浮《う》きあがる……。

こりゃいかんと、アアは　重《おも》しになりそうな　そこいらにある光《ひか》り物《もの》を　かき集《あつ》め、いそいで　背中《せなか》のリュックに放《ほう》りこむ……。センヌキ、爪切《つめき》り、ハモニカ、ビー玉《だま》、使《つか》い捨《す》てライター、ミニカー、ハサミ、車《くるま》のサイドミラー……。それでも　ふわり　ふわふわ　浮《う》きあがる……。もっと、もっと、トロフィー、ジェット機《き》のボルト、車《くるま》のホイールカバー、鍋《なべ》ぶた、フライパン、人工衛星《じんこうえいせい》のアンテナのかけら……。

もっと　もっと。もっと、もっと　もっと……。

光《ひか》り物《もの》は　リュックからあふれ、キラキラ輝《かがや》きながら　ふくらんでいく。

ふくらむリュックに　アアの体《からだ》は　押《お》しつぶされそう……。

それでも、もっと　もっと、もっと　もっと……。

息苦《いきぐ》しさに　アアは　目《め》がさめた。
アアの体《からだ》に　折《お》り重《かさ》なるようにして　ネズミたちがいる。語《かた》り疲《つか》れた長老《ちょうろう》たちが　そのまま　眠《ねむ》りこけてしまったらしい。
風《かぜ》の音《おと》がしていた。外《そと》は　白《しろ》くかすんで、雲《くも》のなかにいるみたい……。
「あれれ、どうしたっていうんだろう。地球《ちきゅう》は　ふらふら揺《ゆ》れてるぞ……」
揺《ゆ》れているのは　アアの体《からだ》、寝不足《ねぶそく》のせいみたい。なんだか　まだ　夢《ゆめ》のなかにいるような。
アアは　ぼんやりした頭《あたま》に　ふらつく足《あし》で　身支度《みじたく》をした。身支度《みじたく》ったって、リュックをひとつ　背負《せお》うだけだけど。
長老《ちょうろう》の家《いえ》を出《で》たとたん、ふわりと　アアの体《からだ》は　宙《ちゅう》を舞《ま》っていた。
「わーい、とんでる　とんでる。ぼくって　カモメ！」

「だれだ　だれだ」

「ニャンチュウやつだ」

と騒《さわ》ぎたてる声《こえ》に、アアは　古新聞《ふるしんぶん》や古雑誌《ふるざっし》をかきわけて　顔《かお》を出《だ》した。あたりは　白《しろ》くかすんで、シュレッターされた　無数《むすう》の紙《かみ》くずが　ヘラヘラ風《かぜ》に舞《ま》っている。


「ねえきみ、ちょっと　おしえてくれる？　ぼくって　もしかして　飛《と》んでたカァ？」

「とんでもない。屋根《やね》から屋根《やね》へただゴロゴロ　ころがってたチュウ」

「だよね、イテテテテ……」

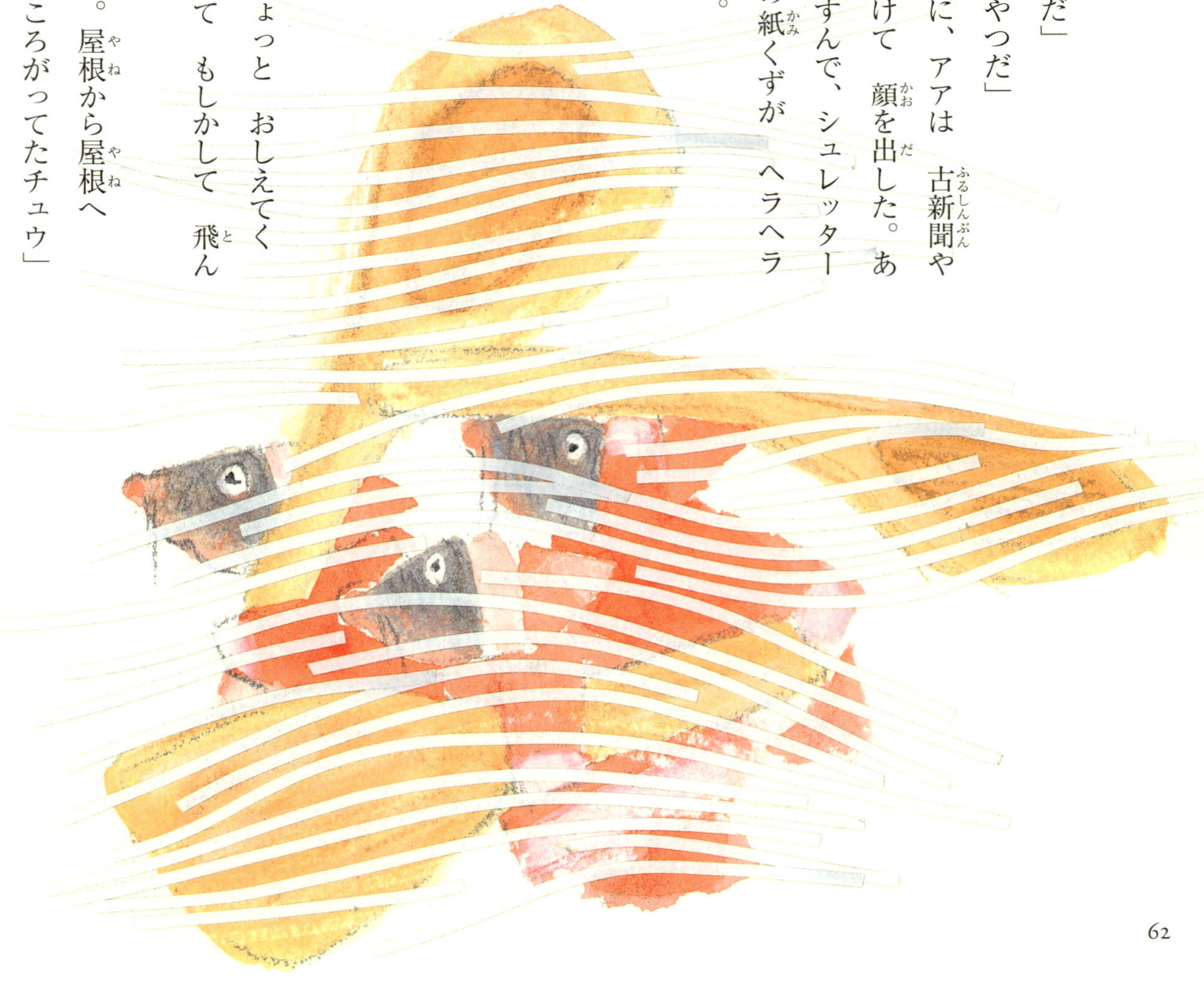

アアは　打《う》ちつけたクチバシを　さすりながら、寝《ね》ぼけた頭《あたま》を　プルプルッとふった。

「カンカン谷《だに》へ　おしゃもじサーフィン、いっしょに　行《い》こうぜ」

「こんな風《かぜ》の日《ひ》っチュウのは、スリルがあるんだぜ」

ネズミたちに誘《さそ》われたけれど、アアは首《くび》をふって　別《わか》れのあいさつをした。カンカン谷《だに》は　昨日《きのう》のことで　すっかり　こりていたしね。

「このまま　ずっと　いてくれたって　いいんだぜ」

「長老《ちょうろう》たちは　大歓迎《だいかんげい》さ。若《わか》い話《はな》し相手《あいて》が　できたっチュウてね」

「おいらたちも　ぐっすり眠《ねむ》れるっチュウわけ。苦労話《くろうばなし》を聞《き》かされずにすんで」

夜《よ》ふかしは別《べつ》として、ここでの快適《かいてき》な暮《く》らしも　悪《わる》くない。でもやっぱ、せっかくここまで来《き》たんだし。

アアは　そう考《かんが》えて、

「夕日《ゆうひ》のように　真《ま》っ赤《か》な実《み》をつけた　宝石《ほうせき》の木《き》、だれか　知《し》らないカア?」

と、たずねたけれど、ネズミたちは首《くび》をかしげるばかり。

アアは　紙吹雪《かみふぶき》のなかへ　歩《ある》き出《だ》した。

コピー紙《し》が、チラシが、新聞紙《しんぶんし》が、ポスターが、風《かぜ》にクルクル舞《ま》っている。足《あし》もとでは　見渡《みわた》すかぎりの雑誌《ざっし》や週刊誌《しゅうかんし》、古本《ふるほん》の山《やま》が　せわしく　ペラペラとページをめくり続《つづ》けている。

アアは　足《あし》をとめ、そんな光景《こうけい》を　あきもせずに眺《なが》めていた。あれほど好《す》きな光《ひか》り物《もの》さえ　いまはぜんぜん　目《め》に入《はい》らないようすで。

（こんなふうに　ぷらぷら行《い》くってのも　悪《わる》カァないな……）

アアは　ぼんやりとした頭《あたま》で　そんなことを思《おも》っていた。それは　昨夜《ゆうべ》の寝不足《ねぶそく》のせいばかりでもないみたい。

（体《からだ》は　クタクタになるけど、この先《さき》はどんなことがあるんだろって、ドキドキワクワク……）

アアは　ちょっと　自分《じぶん》を　ふり返《かえ》ってみる。

（いいもの　めっけ！って、うれしくて　うれしくて、日《ひ》が暮《く》れるまでながめてたっけ。このごろ　そんなことないもんなァ。ただ集《あつ》めればいいって感《かん》じ……）

そのとき、風《かぜ》に飛《と》んできた　大《おお》きなポスターの紙《かみ》が　ペタリと　アアに　張《は》りついた。

「あ……」

アアが声《こえ》をあげたのと　それが　また　空《そら》に舞《ま》いあがったのが、同時《どうじ》だった。ポスターに描《か》かれてあったのは、あれはたしかに　宝石《ほうせき》の木《き》……だった！

「だれか　そこにいるんだろ。いるなら　ちょいと　手《て》をかしとくれ」

いきなり　地《ち》の底《そこ》から　声《こえ》がした。

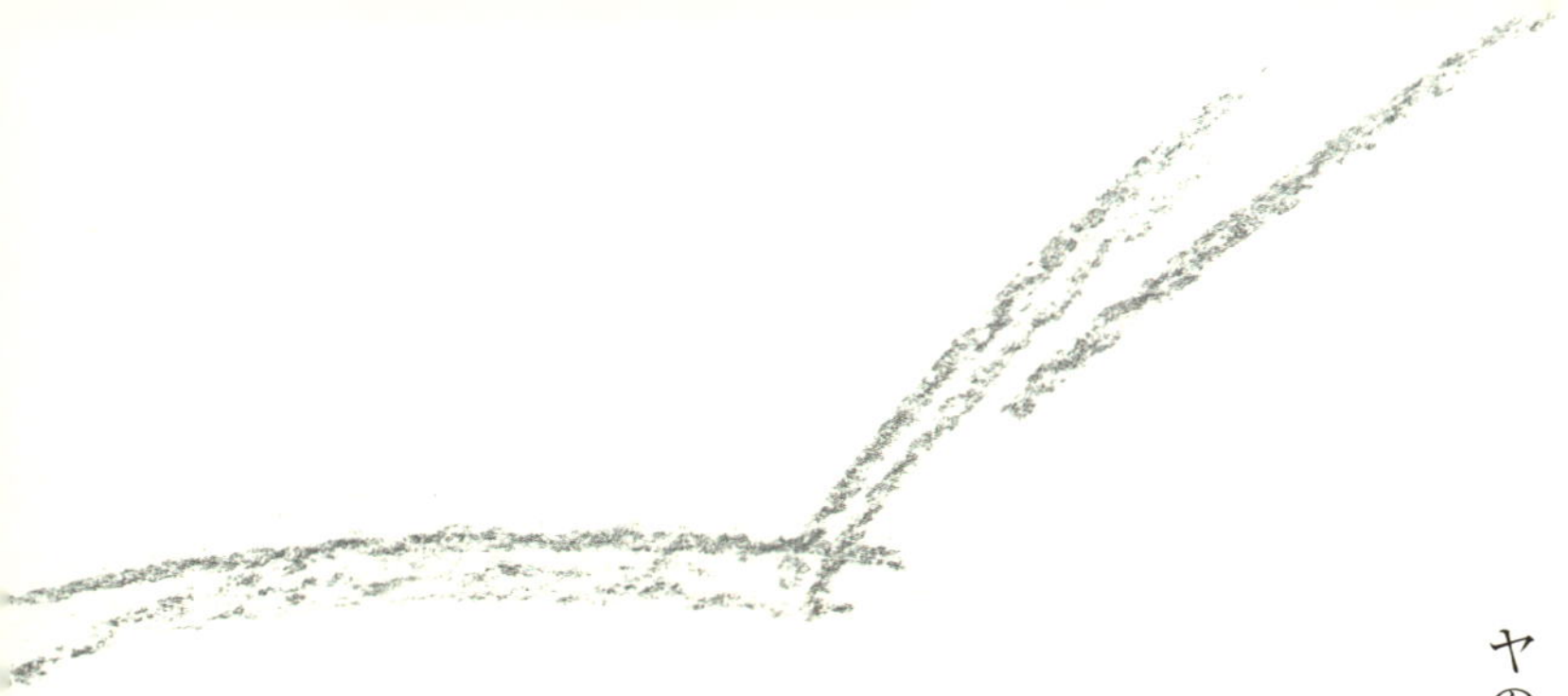

アアが　地《ち》の底《そこ》を、いや、足《あし》もとの紙《かみ》クズを　ガサガサかきわけると、一《いっ》ぴきの猫《ねこ》がころがっていた。

キリリとねじりハチマキをした　片目《かため》の　ぶち猫《ねこ》。

それが　猫《ねこ》に小判《こばん》、いやダイヤ、じゃない、猫《ねこ》がタイヤに張《は》りついたまま、倒《たお》れているって状況《じょうきょう》。

「じろじろ見《み》るのは　あとまわし。早《はや》いとこ　ひっぱり出《だ》しとくれ。あたいは気《き》が短《みじか》いほうなんだから」

猫《ねこ》は　助《たす》けてもらったお礼《れい》も言《い》わず、それどころか　立《た》てなおした　タイヤのなかへ、いきなり　アアを　ひきずりこんだ。

「ブレーキがないから、ちょいとしたスピードだよ。ふり落《お》とされないよう　しっかりと　タイヤにしがみついてな」

ああもこうもない、アアのリュックを　ぽんとたたき、タイヤはゴロンゴロンところがりだした。

「わ、わ、輪《わ》――」

「だろ、だろ？　輪《わ》ころがしの　このスピードとスリルにハマるのよ。うう、たまんねえ！」

猫《ねこ》はぷるぷるっと　体《からだ》をふるわせた。

猫《ねこ》もアアも　タイヤに　ぴったしハマったまんま、ゴミの坂道《さかみち》を　ゴロンゴロン、ゴロンゴロンところがって行《い》く……。

「うー、目《め》がまわってる……」

「だろ、だろ？　この無重力《むじゅうりょく》の世《せ》界《かい》。ふわふわした　グルグル感《かん》。うう、たまんねえ！」

「やっほーい、みんな、おまっとうさん。きょうの収穫《しゅうかく》は　魚肉《ぎょにく》ソーセージにアジの開《ひら》き。いまが食《た》べごろ　賞味期限《しょうみきげん》もほどよく切《き》れてるよ」

猫《ねこ》は　そう言《い》って、背負《せお》っていたリュックを　ポーンと放《ほう》った。

すると、タイヤの山《やま》から　ミャオミャオと、にぎやかな声《こえ》がした。

アアが　タイヤからはい出《だ》しても　まだ目《め》が　グルグルと　まわり続《つづ》けているのは、きっと目《め》の前《まえ》にある　古《ふる》タイヤの山《やま》のせいだろう。

猫《ねこ》は　ニッと笑《わら》い、アアのリュックを　ポンとたたいた。

「遠慮《えんりょ》はいらないから、気前《きまえ》よく　出《だ》しちまいなって」

「え、いや、これ、その、食《た》べ物《もの》じゃないし……」

アアがリュックを開《ひら》いて見《み》せると、

「ゲッ、なんだって　また、大事《だいじ》そうに　ガラクタなんか　しょいこんでんだい。すっかりアテがはずれたニャア」

どうやらリュックのなかを　かんちがいされて　アアは　ここへ連《つ》れてこられたってわけ。

「ミャオ、いつも　すまないね、箱舟《はこぶね》の姐《ねえ》さんよ」

「ほんとにねえ。これ　このとおり、ミャオ　ありがたく　いただくよ」

タイヤのあちこちで　声《こえ》がした。

「水《みず》くさいことは　言《い》いっこなし。ほかに　なにか要《い》るものがあったら、聞《き》いてくよ」

「世話《せわ》になりっぱなしで　悪《わる》いけどさ　ミャオ、油《あぶら》おとしの洗剤《せんざい》が　切《き》れてるのよ。なければ　洗濯《せんたく》せっけんでもかまわないけど……」

「あいよ。ひきうけた。ついでに　スポンジやボロ布《ぬの》とかも　みつくろってくるから」

猫《ねこ》はそう言《い》うと　アアを　ふり返《かえ》った。

「すまなかったね。あたい、もうひとっ走《ぱし》り　行《い》くけど、どう？　のってくかい？」

「あ、いえ、ぼくは　歩《ある》き……」

アアが　答《こた》えるより早《はや》く、箱舟《はこぶね》の姐《ねえ》さんは　タイヤにもぐりこみ、

「あらよ！」

ゴロン　ゴロンと　ころがって行《い》った。

リュックを背負《せお》いなおした　アアに　声《こえ》がかけられた。

「あんたも　食《た》べておゆき」

「おいちいよ。チョーチェージ」

アアがふり向《む》くと、あちらこちらのタイヤの穴《あな》から　いくつもの影《かげ》が　のぞいていた。アアの目《め》が　また　ユルリユルリと　まわりはじめる。

「アジの開《ひら》きも　ミャオ　いい塩《しお》かげん」

「お若《わか》い衆《しゅう》、さあ　どうぞ」

赤《あか》ん坊《ぼう》もいれば　その母親《ははおや》らしいのもいる。おじいさんもいれば　若者《わかもの》もいる。

（それにしたって、なに者《もの》なんだ。ミャオミャオって言《い》ってるけど、猫《ねこ》じゃないし。色《いろ》は黒《くろ》くて　長《なが》いくちばし……。まさか　カラスってことはないよな……）

すると、アアの気持《きも》ちを察《さっ》したように　だれかが　言《い》った。

「ぼうやって、カラス、よね」

「あ、はい、ぼくは　カラス……」

「マジでえ？　ぼくらと同《おな》じ　カモメかと思《おも》った」

こんどは　アアが驚《おどろ》いた。

（ええ？、彼《かれ》らが　カモメ?!　うそだろう……）

アアは　クルクルッと　めまいが三回転《さんかいてん》した。

そういえば　このごろ　とんと　見《み》かけなくなってはいたけど。真《ま》っ白《しろ》な翼《つばさ》を陽《ひ》にきらめかせて　悠然《ゆうぜん》と　空《そら》をとぶ、あのカモメ……。アアの、いやカラスたちの　憧《あこが》れなのだ。

「ぼうやが　びっくりするのも　無理《むり》はないけど……。でも　ここにいるのはミヤオ　正真正銘《しょうしんしょうめい》　みんなカモメの一族《いちぞく》なんだよ……」

「ある日《ひ》とつぜん　赤《あか》い波《なみ》が押《お》しよせてきて……ミヤオ…」

「アカシオで染《そ》まった　体《からだ》の汚《よご》れは、なんとか　洗《あら》い落《お》としたんだけど……」

あっちのタイヤ、こっちのタイヤと、掛《か》けあいのように　声《こえ》がする。

「それから　まもなくして、こんどは　真《ま》っ黒《くろ》な波《なみ》が　押《お》しよせてきて……」

「ミヤオ、ドロドロの油《あぶら》で　真《ま》っ黒《くろ》になってしまったってわけ」

「こんどばかりは　洗《あら》っても　ふきとっても　汚《よご》れはおちないばかりか……」

「飛《と》ぶのはおろか　歩《ある》くのさえ　ミヤオ　不自由《ふじゆう》なしまつで。この歳《とし》になってまさか　こんな　災難《さいなん》にあおうとは……」

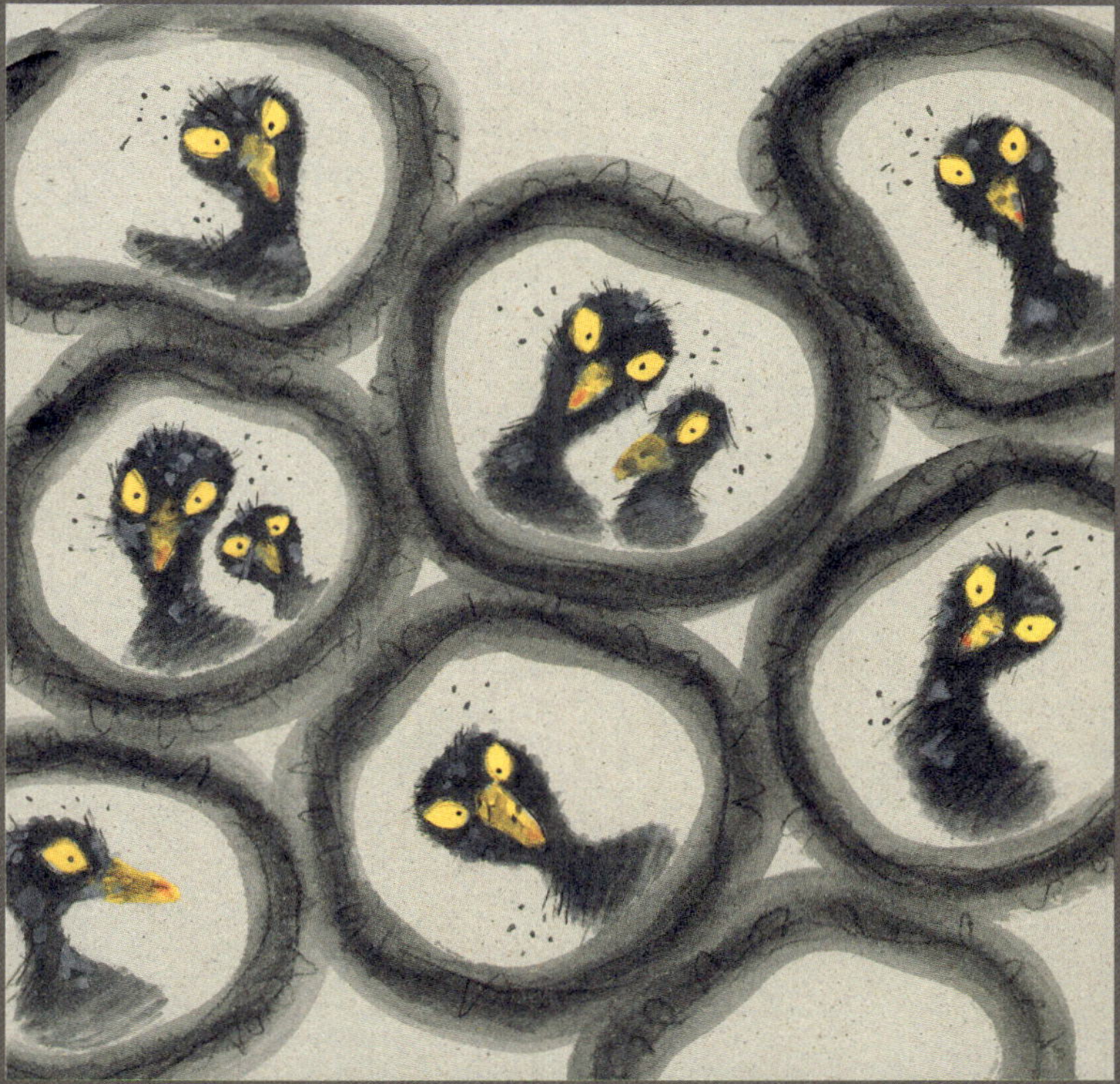

そんな彼《かれ》らの　手足《てあし》になって　世話《せわ》をやいてくれているのが、箱舟《はこぶね》の姐《あね》さんなんだって。なんでも、あの猫《ねこ》が　生《う》まれたての赤《あか》ん坊《ぼう》のとき、箱《はこ》に入《はい》って流《なが》されていたのを　カモメたちが助《たす》けてやったらしい。そのとき　いっしょにいた　猫《ねこ》の兄弟《きょうだい》は、もう　手遅《ておく》れだったらしいけどね……。

「うちの父《とう》ちゃんたらね　ミャオ、そんとき　ヨダレなんか垂《た》らしちゃってさ。柔《やわ》らかくって　うまそうだな、だって」

「冗談《じょうだん》にきまってんだろ、そんなのは。ミャオ　相手《あいて》は　まだ目《め》も開《あ》いてねえいたいけな赤《あか》ん坊《ぼう》だぞ」

「どうだかねえ。ちょうどうちに　ヒナが生《う》まれたばっかでね、……」

家族《かぞく》のようにして　わけへだてなく　かわいがって　育《そだ》てたという。

アアは　目《め》の前《まえ》のタイヤの山《やま》が　また　グルリグルリとまわって見《み》えた。

アアの家族《かぞく》も　やっぱり　黒《くろ》い波《なみ》の　犠牲者《ぎせいしゃ》だった。父《とう》ちゃんと母《かあ》ちゃんと六《ろく》人《にん》の兄弟《きょうだい》は、皮膚病《ひふびょう》の治療《ちりょう》に　海《うみ》の水《みず》を浴《あ》びに行《ゆ》き、行方不明《ゆくえふめい》のままだ。さがしに行《い》ったカラスの仲間《なかま》たちが「なにせ、黒《くろ》い波《なみ》に　黒《くろ》いカラス。ほとほと　さがしようもない始末《しまつ》で……」と、あきらめて帰《かえ》ってきた。アアは　たまたま　そのとき　お腹《なか》をこわし　留守番《るすばん》をしていて、生《い》き残《のこ》ったのだった。

カモメたちと　別《わか》れてしばらく行《ゆ》くと、風《かぜ》は　雨《あめ》まじりになってきた。だけどアアの心《こころ》はふくらんでいた。箱舟《はこぶね》の姐《あね》さんのことを思《おも》うと、なんだか自然《しぜん》に　うれしい気持《きも》ちが　わいてくる。

アアは　別《わか》れぎわに　カモメに言《い》われた言葉《ことば》を　思《おも》い出《だ》した。

「ねえ　カラスくん、リュック背負《せお》って歩《ある》くのも　それはそれで　ごきげんなことだろうけど　ミャオ……」

「それに、ここじゃ　足《あし》もとになんだってあるから　飛《と》ぶ必要《ひつよう》もないだろうけど。だけど、空《そら》は　やっぱり　ミャオ　いいもんだよ」

「スカッとするぜ、マジで！　風《かぜ》をきる　緊張感《きんちょうかん》！　風《かぜ》にのる　快感《かいかん》！　まわりになァんにもない　解放感《かいほうかん》！……。ああ　飛《と》びてえなァ！」

なんだか　感感《かんかん》かんかん　言《い》われたけれど、よくわからない。わからないけど気《き》になる言葉《ことば》。体《からだ》の奥《おく》をかきまわされるような……。

そのとき　アアは　古《ふる》タイヤの山《やま》の向《む》こうに、ぼんやりと光《ひか》る　赤《あか》い宝《たから》の木《き》を見《み》たような気《き》がした。

アアは　思《おも》いつくまま、ほどよい足場《あしば》の　タイヤによじのぼった。

カモメのように　腕《うで》をふりながら、ピョンと　軽《かる》くジャンプ。

ガチャガチャガチャ……。

背中《せなか》でリュックが　踊《おど》り騒《さわ》ぎ、アアは　そのまま　ころがり落《お》ちた。

思《おも》いなおして　リュックをおろし、思《おも》いっきり息《いき》をすいこむと、力《ちから》いっぱい飛《と》びあがった……つもりが、はいていた靴《くつ》がからまって　仰向《あおむ》けになって　ころがっていた。

よし、もう一度《いちど》と　靴《くつ》をぬぎかけ、そこで　アアは首《くび》をふりふり　つぶやいた。

「空《そら》も　いいもんだって？　だけど　ぼくは　カモメじゃないよ……」

見《み》あげた　灰色《はいいろ》の空《そら》が　ユルリユルリとまわって見《み》えた……。

発泡《はっぽう》スチロールの端《はし》くれや　白《しろ》い粒々《つぶつぶ》が、吹雪《ふぶき》のように　吹《ふ》きつけていた。そのうえ　足《あし》もとのゴミは　つるつる滑《すべ》るペットボトル。はっと　気《き》づいたときはアアの体《からだ》は　半分《はんぶん》ちかく　ペットボトルの沼《ぬま》に　しずんでいた。

「わあー、わあー。だれカアー　助《たす》けてー　だれカアー…」

もがけばもがくほど　体《からだ》がズルズルとしずんでいく。まるで　廃液《はいえき》のどろ沼《ぬま》につかまったみたい。

かきわけるあとからあとから　のみこむように　ペットボトルが押《お》しよせる。

透《す》かしてさしこむ　ペットボトルのゆがんだ光《ひかり》が　アアの混乱《こんらん》を　いっそう深《ふか》くした。

アアは　ただもう　やみくもに　腕《うで》をむなしく　ふりまわす。

雨音《あまおと》が　つんと遠《とお》のいていった……。

目《め》がかすみ、気《き》が遠《とお》くなっていく……。

「捨《す》てるのよ！　首《くび》のかざりとか　そのリュック！」

ペットボトルをふるわせて、声《こえ》がした。

「ぼくの　宝物《たからもの》……」

「ばか！　命《いのち》こそが　宝《たから》でしょ！」

バタバタと　もがきまくっている　アアの目《め》の前《まえ》に、一本《いっぽん》のクサリが　現《あらわ》れた。

「それに　つかまって！」

アアは　無我夢中《むがむちゅう》で　背中《せなか》のリュックを　放《ほう》り出《だ》し、クサリにしがみついた。

「きみが　わあわあ　さわいでくれた　おかげさま。知《し》らずに　わたしも　踏《ふ》みこむとこだったわ、ペットボトルの　底《そこ》なし沼《ぬま》に」

アアを助《たす》けてくれたのは、フランスパンのような　犬《いぬ》だった。

「ところで、わたしは　ダックスフント。きみって　だれ？　オウム？　ニワトリ？　それともアヒル？」

アアは　むっとして　言《い》い返《かえ》した。

「あのね、言《い》っときますけど、ぼくは　カ、ラ、ス！」

「怒《おこ》ることないわ、どう見《み》たって　そうは見《み》えないんだから。はでにお化粧《けしょう》しちゃってさ、おまけに　ゴチャゴチャ着飾《きかざ》って。ダサイったらありゃしない」

「なんだよ。自分《じぶん》なんか　ボロ着《き》てるくせに」

アアは　ゴミ雑誌《ざっし》のペットファッションで磨《みが》いたセンスをけなされて、ムキになる。

「ほんとは　服《ふく》なんて　着《き》たくもないわ。うっとうしくて　きゅうくつで」

「だって、むこうでは　犬《いぬ》だって猫《ねこ》だって、みんなオシャレをしてるんだろ？」

「みんな　イヤイヤよ、無理強《むりじ》いされて。でも　これは別《べつ》。わたしの大切《たいせつ》な　大《たい》切《せつ》なものなの……」

そう言《い》って　ダックスフントは　しわしわの服《ふく》を　たくしあげた。

「ほら見《み》て。この服《ふく》、ダブダブでしょ。わたし、町《まち》にいたころは　まるまる太《ふと》って　ブタ　ブタって　ののしられていたのよ」

「うそだろう、そんなの……」

「ほんと。食《く》う寝《ね》る、食《く》う寝《ね》るの毎日《まいにち》で、お腹《なか》がつっかえて　歩《ある》くこともできなかったんだから」

「マジで？　そんなにほっそりとして　ステキな　胴長《どうなが》なのに……」

アアのうっとりとした目《め》に　ダックスフントは　まんざらでもないようす。

「そうなの、島《しま》じゅうを　食《く》う歩《ある》く、食《く》う歩《ある》くで　さがしてまわるうちに、本来《ほんらい》の美《うつく》しさを　とりもどしちゃったの、ほほほ……」

「さがすって、やっぱ、家《いえ》だとかァ？」

「そんなじゃなくて、ちょっとね……。

きみこそ　どうして　こんなところを　うろついているわけ？」

「さがしてるんだ、ぼくだって」

アアが　宝石《ほうせき》の木《き》のことを話《はな》すと、ダックスフントは　すこし考《かんが》えてから言《い》った。

「もしかして　島《しま》のはずれの　あの木《き》のことかしら。見《み》たのは　ずいぶんまえだったけど。

いいわ。わたしが　つれてって　あげる。

だけど　きみって　みょうに　宝物《たからもの》にこだわるタチなのね」

雨《あめ》は　しとしと　ふり続《つづ》いていた。

ぬかるんだゴミに　足《あし》を　とられて、滑《すべ》ってはころび、滑《すべ》ってはころび。そのたびに　体《からだ》を支《ささ》える　腕先《うでさき》から　黒《くろ》い羽根毛《はねげ》が　ぬけおちる。

そのうちにアアは　靴《くつ》を捨《す》て、ソックスをはぎとり、ぬれそぼって重《おも》くなった

コートも　ヌイグルミスーツも　ぬぎ捨《す》てた。

踏《ふ》みつけるゴミの感触《かんしょく》が　裸《はだか》の足《あし》に痛《いた》がゆい。羽毛《うもう》からしみこむ雨粒《あまつぶ》に、皮膚《ひふ》がチリチリとふるえた。

「ねえ、ダックスフント、ちょっと　きいてもいい？　その　首《くび》のくさりひもって　じゃまにならないカァ？」

「よく言《い》うわ。これのおかげで助《たす》かったのは　どこのだれ？」

「じゃなくてさ。どうしてそんなふうに　長《なが》くのばしたままに　してんのかなって」

ダックスフントは　足《あし》をとめ、それから　またゆっくりと　歩《ある》き出《だ》した。

「そうね。いろんな思《おも》いが　つながっているせいかしら。このクサリのさきっぽに……」

「ふーん。なんか　よくわかんないけど、おとなの事情《じじょう》っていうか、ややこしいしがらみってカァ……」

「なまいき　言《い》っちゃって。でも、こんなこと　ニンゲンっていう仲間《なかま》と　心《こころ》をかよわせた者《もの》にしか　わかんないことかもしれないわね……」

言《い》い残《のこ》して　ダックスフントは　どんどん先《さき》へ行《ゆ》く。

（ダックスフントの姉《ねえ》さんも、やっぱ　捨《す》てられたんだろうか……。車砂漠《くるまさばく》の野《の》良犬《らいぬ》たちのように……）

アアは　痛《いた》さに耐《た》えながら　ピョコン　ピョコンと　あとを追《お》う。

ダックスフントは　立《た》ちどまったまま、
じっと　なにかを　見《み》つめていた。
ガラクタ家具《かぐ》の　ゴミ山《やま》のなかから
ココ　ココ　ココと　声《こえ》がする。
アアが脇《わき》から　のぞいてみると、へしやげた整理《せいり》ダンスのなかで　ニワトリの群《む》れが　ひしめきあっていた。アアたちを　ふりむきもせず、ココ、ココ、ココ、ココと　なにやら　せわしく　ついばんでいる。

ダックスフントがささやいた。

「カケコッコ軍団《ぐんだん》の連中《れんちゅう》よ……」

思《おも》わず　アアが　二、三歩《ぽ》　退《しりぞ》いた。

「嘘《うそ》だろう……」

これが　誰《だ》れかれみさかいなく襲《おそ》い、

つつき、ひっかき、生《なま》タマゴ責《ぜ》めの、〝カケコッコ軍団《ぐんだん》〟ってカァ?　忙《いそが》しく首《くび》をふる　その頭《あたま》のうえで、トサカが赤《あか》くチラチラと　揺《ゆ》れている。

歩《ある》きはじめた　ダックスフントのあとを、あわてて　アアは追《お》いかけた。

コケコッコー……。

遠《とお》く　風《かぜ》にのって　声《こえ》がする。

「なにが　ケッコーよ。古々米《こ こまい》たっぷりためこんで、お行儀《ぎょうぎ》よく　整理《せいり》ダンスなんかに　おさまっちゃってさ!」

ダックスフントが　不機嫌《ふきげん》に言《い》った。

「カケコッコ軍団《ぐんだん》が　聞《き》いてあきれるわ。あれじゃ　まるで　仏壇《ぶつだん》のお灯明《とうみょう》じゃない。ふんだ!」

ダックスフントが　つれてってくれたのは、
産業廃棄物《さんぎょうはいきぶつ》の　荒涼《こうりょう》とした山岳地帯《さんがくちたい》だった。
コンクリートの残骸《ざんがい》や　ねじ曲《ま》がったパイプ、
からみあうワイヤなどが　不気味《ぶきみ》な影《かげ》を
さらして　雨《あめ》にけぶっている。ツンと
くる強《つよ》い臭《にお》いが　鼻《はな》をつく。
しきりと涙《なみだ》がにじみ出《で》る。
頭《あたま》がクラクラとした。
　そして、めざす　その
木《き》は、実《み》も葉《は》もない
枯《か》れた木《き》だった。

「こんなんじゃないよ。夕陽《ゆうひ》みたいな　真《ま》っ赤《か》な宝石《ほうせき》を　キラキラと　いっぱいつけてるんだから」

「でも　わたしの知《し》るかぎり、ゴミの島《しま》にあるのは　この木《き》一本《いっぽん》きりよ」

「じゃあ　やっぱ　ぼくの見《み》たのは　幻《まぼろし》の木《き》ってことカァ……」

アアは　きゅうに疲《つか》れを感《かん》じて　木《き》の根方《ねかた》に足《あし》を投《な》げ出《だ》した。

「あら　こんなところに……」

枯《か》れ木《き》の根《ね》っこから　あたらしい芽《め》が　出《で》ていた。あざやかな緑色《みどりいろ》の　小《ちい》さな葉《は》。雨《あめ》にぬれて　キラキラと輝《かがや》いている。

「うーん　なつかしいな……。ベランダの鉢植《はちう》えを　思《おも》い出《だ》すわ……」

ダックスフントが　クンクンと鼻《はな》をならして　匂《にお》いをかいだ。アアもやってみたけど、べつに　これといって　匂《にお》わなかった。

「……きみはね、本当《ほんとう》に　見《み》たんだと思《おも》う、その宝《たから》の木《き》」

ダックスフントが　言《い》った。

「それって、きみのお母《かあ》さんの　そのまたお母《かあ》さんの　そのまたずっと遠《とお》いお母《かあ》さんから　水《みず》を注《そそ》ぎつづけてきた、木《き》……」

「そんなの、アリってカァ？」

「あるわ。わたしは　いまだって　この体《からだ》の奥《おく》に　しっかりと感《かん》じているもの。ダックスフントとしての　わたしだけの木《き》」

「ふうん。じゃ　ぼくのは、カラスとしての　ぼくだけの木《き》ってカァ？」

「そう。でも　水《みず》をやらずにいると　しおれてしまうの」

水《みず》を？　どうやって？　体《からだ》の奥《おく》で感《かん》じるっていう木《き》に。

とりあえず　アアは　大《おお》きく口《くち》を開《ひら》いて　雨粒《あまつぶ》を　うけてみた。

「ところで、きみは　これからどうするつもり？」

「どうするって、……まだ　なにも……。ダックスフントは？」

「体調《たいちょう》も整《ととの》ったことだし、そろそろ　船《ふね》にでも　もぐりこもうかなって」

「町《まち》に帰《かえ》るの？　船《ふね》って、〝夜流《よなが》し商会《しょうかい》〟の……。あ、ごめん」

「いいのよ。そのとおり。わたしは　捨《す》てられたのよ。遠《とお》いゴミの島《しま》に流《なが》せば、帰《かえ》ってこられないだろうってね。でも、わたしは　ゴミじゃないわ」

「うん！　ゴミなんかじゃない！　美《うつく》しくて　やさしくて、それに　タフでステキな　ダックスフント犬《けん》だよ」

「いっぱい並《なら》べてくれて　ありがとう。ファイトがわくわ。たとえ　きみのようなカラスから　言《い》われたとしても」

「ひどいなあ。それはないだろう」

「ごめん、ごめん。とにかく　わたしは　もういちど　帰《かえ》りたいの。パートナーのところへ。自分《じぶん》の誇《ほこ》りを　とりもどすためにも」

そう言《い》って　ダックスフントは　立《た》ちあがった。

「それから先《さき》のことは　わからないけど。ま、お互《たが》い　めげずに元気《げんき》でやりましょう。そのうち　きっとみつけることができるわよ、きみの宝《たから》の木《き》。じゃあね」

ダックスフントは　クサリひもを　グルグルまわしながら　歩《ある》いて行《い》った。

そして　ふっと立《た》ちどまると、アアをふり返《かえ》った。

「おーい、カラス！」

そう呼《よ》びかけると、高《たか》く　空《そら》を　指《ゆび》さして　見《み》せた。

「若者《わかもの》は　若者《わかもの》らしく、飛《と》ばなくっちゃ！」

その言葉《ことば》が　アアの耳《みみ》には　「バカモノは　バカモノらしく」と聞《き》こえて、すこし　ムッとした。

雨《あめ》が　やんでいた。アアは　ぬれた体《からだ》をふるい、しずくを切《き》った。

「さて、ぼくは　これから　どこへ行《い》こうカァ……」

さがしていた宝石《ほうせき》の木《き》は、よりによって　体《からだ》のなか。それじゃ、引《ひ》っ越《こ》しどころか、光《ひか》り物《もの》も　かざれやしない。

（でも、ひょっとして……）

アアは　首《くび》をまわして　体《からだ》じゅうを　くまなく見《み》てみた。

「なァんにも　ない。やっぱなァ。かくれてるわけないか、宝石《ほうせき》の実《み》をつけた木《き》なんて……」

たたんだままの腕《うで》も　広《ひろ》げてみる。パラパラと　黒《くろ》い羽《はね》が　何枚《なんまい》かぬけ落《お》ちた。

「体《からだ》の奥《おく》に感《かん》じる木《き》ってカァ……。母《かあ》ちゃんの、そのずっとずっと遠《とお》い　母《かあ》ちゃんたちからの木《き》だってカァ……。水《みず》をやんないと　しおれるってカァ……」

それっていったい　なんなんだろう。アアは考《かんが》えた。考《かんが》えたけど　わからない。わからないから　ほんのもう少《すこ》しだけ　考《かんが》えた。

それから　ふっと気《き》がついた。なんだか　やけに　体《からだ》が軽《かる》いってことに。

「そっカァ。なんもかんも　すっからかんに　なくしちゃったせいなんだ」

アアは　軽《かる》くスキップをした。思《おも》いなしか　ふわふわ　体《からだ》がはずむ。
「それに、食《く》う歩《ある》く歩《ある》く歩《ある》く歩《ある》く、食《く》う歩《ある》く歩《ある》く歩《ある》く歩《ある》く、だろ、体《からだ》が　きゅっとひきしまったってことさ」
ポーズをきめてみる。調子《ちょうし》にのって　こんどは　両腕《りょううで》をバタバタ……。
「ひゃあ！」
アアは　思《おも》わず　その場《ば》に　うずくまった。
なんと、体《からだ》がふわりと　宙《ちゅう》に浮《う》きあがったのだ。心臓《しんぞう》がコトコトなっている。
ふいに　体《からだ》の奥深《おくふか》くに　なにかが　ひらめいた。
遠《とお》い向《む》こうの　その　なにか……。母《かあ》ちゃんの　そのまた　母《かあ》ちゃんの……。
でも、それが　なんだったのか　わからない。アアは　かしげていた頭《あたま》を　プルプルッとふり、気《き》をとりなおした。
「とりあえず、まずは　たらふく　ごちそう食《た》べて、それから……」
こんどは　そっと腕《うで》を広《ひろ》げて、
「服《ふく》だろ、靴《くつ》だろ、帽子《ぼうし》にソックス。だって、ぼくの体《からだ》、月《つき》のない闇夜《やみよ》みたいで、やんなっちゃう」
アアは　つぶやき、それから　大《おお》きく　深呼吸《しんこきゅう》した。
「それに　なんてったって　光《ひか》りもの！
このゴミの島《しま》じゅうの　とびっきりのが　ボクを　待《ま》ってるってカァ！」
めげないアアは　はずみをつけて　一歩《いっぽ》、二歩《にほ》、三《さん》ポーン、ゴミのなかへ飛《と》び出《だ》した。

「うわあ――――うわああ――――」
そこは　ゴミの島《しま》のはずれ、絶壁《ぜっぺき》だった。

「ほんと、世話《せわ》をかけるんだから……」
おりてきた　クサリを　つかもうとしたとたん、

「うわあ――
うわあ――」

アアは　キリキリ　まっさかさま……。

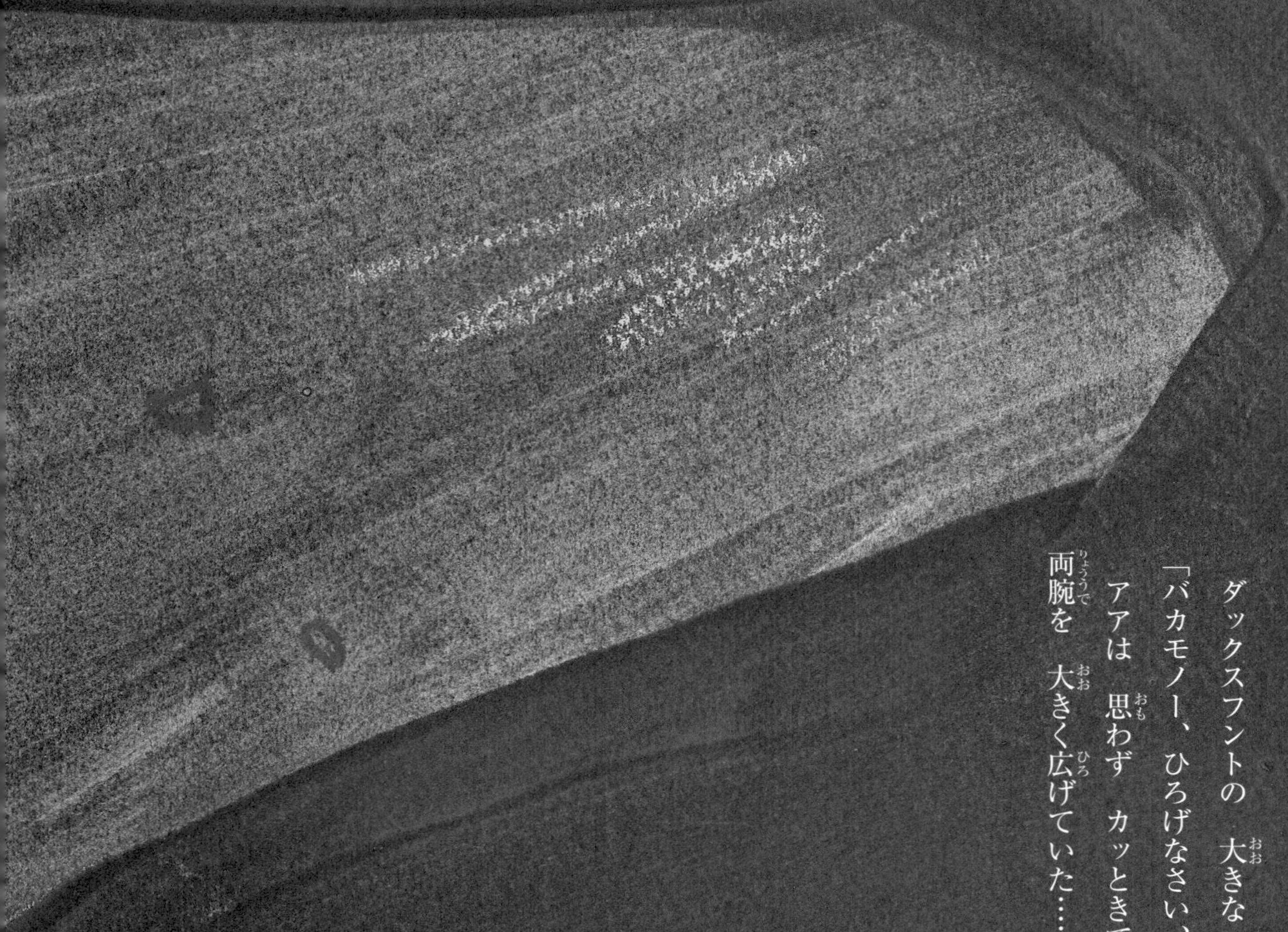

ダックスフントの　大《おお》きな　叫《さけ》び声《ごえ》がした。
「バカモノー、ひろげなさい、その　つばさ！」
アアは　思《おも》わず　カッときて、そのとたん、
両腕《りょううで》を　大《おお》きく広《ひろ》げていた……。

おっかな　びっくり、カラスのアアは
空《そら》にいた。
知《し》らず知《し》らずに　はばたいている。
はばたくたびに、体《からだ》に　力《ちから》が
よみがえる。
ふらつくのは、カッコつけて
尾羽《おばね》にソリを入《い》れたせいかも。
「ぼくのこれって、翼《つばさ》だったのカァ！」
肩《かた》の骨《ほね》が　ギシギシ
きしむ。息切《いきぎ》れがする。
もっともっと　体《からだ》を
軽《かる》くしなくっちゃ。
（それにしても、
どうだい、この
美《うつく》しさ。黒《くろ》く輝《かがや》く
ぼくの翼《つばさ》！）

風《かぜ》を追《お》い　風《かぜ》にのり　風《かぜ》を
つきぬけ　空《そら》に舞《ま》う……。
（ほら、なんだったけ。カモ
メの言《い》ってた　カン　カン
カンっていうの）
　こみあげてきて、アアは
叫《さけ》ばずにいられなかった。
「ぼくって、カラス！　空《そら》を
飛《と》べるってカァー！」
　海《うみ》の向《む》こうの　その向《む》こう。
雨雲《あまぐも》の切《き》れ間《ま》から、
真《ま》っ赤《か》な夕日《ゆうひ》が　顔《かお》を出《だ》した。

――そうなんだ。これは
トンでもないけど、トンだカラスの物語《ものがたり》。